나의 아름다운 할머니

심윤경
에세이

사□계절

자라면서 나는 할머니에게 '사랑한다'는 말을 들어본 적이 없다. 그런 적이 없다고 확신한다. '사랑한다'는 할머니의 소박한 어휘 사전에 등재되지 못한 낯선 단어였다.

그러므로 나는 많은 육아 현인들의 가르침에 진지하게 귀를 기울이다가도 "사랑한다고 말하라"라는 말에는 할머니처럼 눈길을 낮추고 입을 삐쭉 내밀어 의구심을 표현한다. 할머니는 이런 식으로, 말이 아니라 미세

한 표정으로 감성을 표현하는 데에 대가였다.

나는 할머니에게 한 번도 사랑한다는 소리를 듣지 못했지만 할머니가 나를 사랑했음을 의심해본 적이 없다. 사랑한다는 말을 듣지 못해 섭섭한 것도 없다. 입으로는 사랑한다고 말하면서 실제로는 사랑하지 않는 경우는 또 얼마나 많을 것인가. 그러니 사랑한다는 말 자체는 거의 의미가 없다.

그렇다면 사랑이 무엇이냐, 당신은 할머니께 무엇을 받았기에 그리 잘 아냐고 묻는다면 역시 당황스럽다. 작가라는 직업을 가지고 언어를 다루며 살게 되었지만 내가 경험한 그것을 말로 설명하기는 여전히 어렵다. 사랑이 무엇인지 알고 싶어질 때, 나는 할머니의 작은 방을 떠올린다. 지직거리는 브라운관 텔레비전과 사과 한 알, 흐린 햇빛과 오래된 요강이 있는 방이다. 나는 요강을 사용한 마지막 세대다. 그때는 알지 못했지만 할머니는 그 작은 공간을 조용한 사랑으로 채워놓았고, 나는 그 사랑 속에서 숨 쉬고 뒹굴며 자랐다.

어른이 되어 자식을 키우면서 나는 자연스럽게 도서관으로 향했다. 아이를 사랑하는 법, 아이를 잘 가르치는 법을 잘 정리해놓은 좋은 책들이 많았다. TV나 유튜브에서도 이 중요한 주제에 대해 많은 가르침들을 찾을 수 있었다. 그 가르침들을 배우고 실천하려 애쓰면서 나는 문득 한 가지를 깨달았는데, 내 할머니가 이 복잡하고 수많은 테크닉을 거의 모두, 완벽에 가깝게, 실은 책이나 박사님들보다도 훨씬 더 우아하고 맵시 있게 실천하셨다는 점이었다.

자개장을 만드는 일에 대해 설명한 책을 읽고 강연을 듣는 것보다 실제로 자개장 무형문화재 장인이 만드는 손길을 한번 보고 경험하는 것이 훨씬 더 입체적이고 풍부한 경험을 제공하는 것과 같다. 책과 강연이란 명인의 솜씨를 후세에 전달하기 위해 애쓴 수단일 뿐, 그 자체로 명인의 손길을 뛰어넘을 수는 없는 것이다. 할머니가 나를 기른 방식에는 책과 박사님들을 한참 뛰어넘는 능숙함과 자연스러움이 있었다. 나는 어느 날 그 사실을 깨닫고 놀랐다.

사랑은 눈에 보이지 않는 것이라서, 나는 내가 그렇게 많은 것을 받은 줄도 몰랐다. '받은 사람이 받은 줄도 모르게 하는 것', 그것조차 명인의 솜씨에서 가장 중요한 한 부분이었다. 할머니에게 배운 사랑을 한 줄로 요약한다면 그것은 '사람이 주는 평화'일 것이다. 그 사랑은 평화였다. 할머니가 나에게 무언가 잘해주었던 기억은 거의 없다. 두둑한 세뱃돈 한 번 받아본 일 없고 하다못해 그분이 차려준 밥을 먹어본 것도 몇 번 되지 않는다. 그분은 나를 위해 애쓰고 고생하지 않았다. 그저 그분의 작은 평화 속에 나라는 존재를 온전히 끌어안으셨다.

아이에게 무언가 잘해주려 애쓰다가 오히려 평화를 깨뜨리고 불만과 다툼의 늪에 빠지고 만다는 것을 깨닫기까지 오랜 시간이 걸렸다. 아이를 사랑하기 위해 무언가 힘써 좋은 것을 해줄 필요가 없었다. 사랑을 주기 위해서는 그저 평범한 일상이면 족했다. 가장 중요한 사랑은 아이의 몸과 마음을 편안하게 해주는 것이었다.

그것이 할머니가 나에게 주신 가르침이었다. 할머니는 나에게 평화로 가득 찬 작은 방을 주셨는데, 그 방은 영원히 내 안에 남아서 내가 힘들 때 들어가 쉴 수 있는 피난처가 되어주었다.

할머니는 그 모든 것을 소리 없이 해내시고 조용히 세상을 떠나셨다. 할머니의 소멸은 자연스러운 일이었고 애틋한 그리움을 남겼을 뿐이지만, 왠지 공익적으로 마음이 아프다. 인류는 우리 할머니가 돌아가시도록 내버려두어서는 안 되었다. 냉동하든지 미라를 만들든지 옹색하나마 세포 샘플이라도 채취해서, 그 위대한 사랑의 성분을 보존하고 연구해야 했다.

나는 내가 받은 것이 매우 희귀하고 가치 있는 것임을 깨달았고 부족하나마 그것을 내 아이에게 전해주려 애썼다. 할머니의 유산은 그분의 증손녀인 내 딸에게 아슬아슬하게 상속되었다. 할머니께 내가 바치는 사랑과 감사는 이루 말할 수 없이 크다. 할머니의 가르침이 없었다면 나는 훨씬 부족하고 성마른 부모가 되었을 것이다.

하지만 이제는 할머니의 사랑을 내 딸에게 전해주는 개인적인 상속보다 무언가를 좀 더 해야 한다고 느낀다. 이건 우리 둘이 즐기고 끝내기엔 너무 아름답고 귀중한 것이다. 제대로 사랑하고 표현하는 법. 누구나 목마르게 실천하고 싶은데 어떻게 해야 하는지 그 방법을 몰라 좌절하는 일이다. 오늘날의 사랑법에는 지나친 에너지 소모와 번잡함이 있어 주는 쪽이나 받는 쪽이나 힘들고 지치고 오히려 부작용을 낳고 마는데, 할머니가 가르쳐주신 그 단순하고 맵시 있는 사랑법은 부모나 자식이나 크게 애쓸 것이 없다. 애쓰고 걱정함을 내려놓고 그저 기특하게 지켜보고 공감하는 방법이 무엇인지 할머니가 나에게 주신 것들을 세상 사람들과 함께 나누고 싶었다.

모든 책과 박사님들이 그랬듯이, 할머니의 지혜를 글로 옮기면서 나는 그저 부족함에 속이 상하고 만다. 이런 게 아닌데, 훨씬 더 쉽고 편하고 자연스러운 거였는데. 할머니는 그저 숨 쉬듯이 하셨는데 글로 써놓으니 역시나 번잡하고 요란하다.

하지만 또다시 다 어렵고 모두 틀려버린 거 같은 기분이 들 때면, 그냥 앨리스의 체셔 고양이를 생각하기로 한다. 어차피 나는 늙어갈 것이고 보잘것없는 내 능력과 지능은 점점 더 작아질 것이다. 밥숟가락 뜨는 법도 잊어버린 할머니가 된 내가 의미 없이 환하게 웃고 있다면, 그때 나는 나만의 위대한 성취를 해내는 중이다. 나의 할머니는 모습이 사라진 뒤에도 소리 없는 함박웃음으로 내 곁에 남았고, 나는 죽을 때까지 그분을 닮고 싶었다.

여러분께, 나의 아름다운 할머니를 선물로 드린다. 그분은 1905년 을사년에 태어나 1991년 자손들의 깊은 사랑 속에 돌아가신, 광산 김씨 김수(金洙) 할머니였다.

2022년 사직동에서

심윤경

차례

I.

돌연한 눈물

결혼한 뒤로 시외할머니를 뵌 적은 많아야 한두 번에 불과했다. 처음 뵈었던 것은 새 며느리를 맞이한다고 일가친척들이 모두 모여 흥겨웠던 자리였는데, 기억나는 것은 그분의 작은 몸집으로 감당할 수 없어 보이는 많은 양의 음식을 끊임없이 드시던 모습이다. 나는 시외할머니가 과식으로 배탈이라도 나지 않을까 걱정이 되어 어쩔 줄 몰랐으나 가족들은 모두 대수롭지 않게 넘겼다.

"마음이 달라지셔서 그릏다."

노인의 치매를 일컫는, 그 동네의 부드러운 어법이었다. 시어머니의 어머니인 그분은 그때 이미 96세로, 나는 그렇게 연세가 많은 어른을 본 적이 한 번도 없었다. 손주들도 그분의 기억에서 이미 사라진 지 오래였고 내가 그분의 몇 번째 손자며느리인지는 아무도 세어보려 하지 않았다. 그분은 산나물, 생선회, 튀김, 심지어 꽈작꽈작한 오란다 과자까지도 보이는 대로 덥석덥석 입에 넣어서 수북하던 그릇을 깨끗하게 비워내기를 벌써 몇 차례나 하는 중이었다.

이렇게 많이 드셔도 괜찮을까 생각하며 살그머니 다가앉았더니 할머니가 낯선 인기척에 깜짝 놀란 기색이었다. 할머니는 젓가락질을 멈추고 나에게 물었다.

"밥 먹었나."

"예, 먹었어요."

"밥 먹어라."

할머니는 당신이 드시던 음식 접시를 나에게 내밀었다. 내가 손사래를 치며 거절했으나 계속 권했다. 내가

할머니 너무 많이 드시는 거 아닌가 하는 걱정에 사로
잡힌 것처럼 그분은 내가 혹시 굶었는가 하는 의혹을
내려놓지 않았다.

"애 왔다. 밥 줘라."

누구에게 하는 소리인지 모르게, 내 밥을 챙겨주라는
당부도 잊지 않았다. 가만 지켜보니 그분에게 남은 언
어는 거의 그것뿐이었다. 밥 먹었나, 밥 먹어라, 애 밥
줘라.

인간의 소화기가 감당할 수 있을까 싶도록 많이 드
시던 조그마한 할머니. 그분이 뜬금없이 애 밥 주라고
한마디를 할 때마다 와자하게 터지던 가족들의 웃음.
그날의 기억은 그것이 거의 전부다. 그분의 인생은 거
의 소진되어 마지막 단계에 이르렀는데 100년에 가까
운 그 시간을 증류해 가장 마지막 한 방울로 압축하면
가족들이 배고픈지 묻고 밥을 챙겨주어야 한다는 일념
이었다. 젊은 나이에 돌림병으로 남편을 잃고 혼자서
어린 자식들을 키워내고 힘든 이웃들까지 품었던, 눈에
닿는 모든 사람들이 배고픈지 묻고 챙기던 사람다운 마

지막 한 방울이었다. 시외할머니를 만난 뒤로 나는, 사람의 한 생을 마지막 한 방울로 증류한다면 각자에게 남는 그 마지막 정수는 무엇일까 생각해보는 습관을 가지게 되었다.

2년 후 어느 날, 시외할머니의 임종이 멀지 않았다는 소식이 전해졌다. 시외가로 가는 차 안에서 시어머니는 자꾸 눈물을 훔쳤다. 자꾸 울면 떠나시는 분이 더 두렵지 않겠는가, 외할머니 앞에서는 울지 않고 담담해야 한다고, 가족들은 시어머니께 위로가 아닌 타박을 했다. 경상도 말로는 모든 말이 다 타박같이 들리기는 했다. 임종이 가까운 시외할머니 앞에서 울지 말아야 한다는 가족들의 배려에 동의해서, 나는 시어머니가 작별 인사를 하면서 너무 많이 울지 않기를 바랐다.

자리에 누운 시외할머니는 이도 없는 잇몸으로 딱딱한 오란다 과자를 끝없이 드시던 기억 속의 모습과 전혀 달랐다. 부종이 심해 피부가 한 겹 얇은 물주머니처럼 변해 있었다. 숨을 쉬고, 찾아온 사람에게 가끔 시선을 맞추고, 숟가락으로 떠먹이는 보리차를 가끔 삼키는 것이 그분께 남은 마지막 삶의 기능이었다.

그 모습에 나는 알 수 없이 폭발했다. 내가 왜 이러는지 모르는 채 숨을 쉴 수 없을 만큼 통곡했다. 통곡보다 발작에 가깝도록 폭풍 같은 눈물이었다. 시어머니는 나 때문에 놀라서 울음이 쏙 들어가버렸다. 함께 있던 식구들도 놀라서 나를 쳐다보았다. 심지어 임종을 앞둔 시외할머니까지 나를 곰곰이 쳐다보았다. 얘는 누구길래 이러는가 궁금하게 여기시는 것 같았다. 오는 길에 나누었던 대화가 생각나 민망했다. 나는 놀랐고 부끄러웠고 울음을 멈추고 싶었다. 하지만 눈물을 그칠 수 없었다. 내 안에서 다이너마이트가 터지듯 무언가가 터져버렸고 나는 그 대폭발을 도저히 멈출 수 없었다.

얼굴이 퉁퉁 붓고 어질어질한 상태가 되어서야 나는 겨우 울음을 진정시켰다. 목이 잠겨 꺽꺽거리면서 나는 식구들에게 놀래켜서 죄송하다고 사과했다. 식구들은 더 묻지 않고 그냥 고개를 끄덕였다. 어린 며느리의 귀엽고 별난 면으로 여기는 것 같았다.

이날 돌연했던 눈물 발작의 기억이 오래도록 잊혀지지 않아서 나는 이 장면을 소설 《설이》에 그대로 썼다. 스스로 당황스러울 만큼 폭발적이었던 눈물. 통곡하는 나에게서 조금 떨어진 곳에서 또 다른 나 자신이 나를 가만히 바라보았다. 이전까지 전혀 눈치채지 못했던 숨은 감정이 폭발해 제2의 나를 만들고 내 피부 바깥으로 뛰쳐나왔던 경험이었다. 그리고 나는 그동안 스스로 알지 못했던 그 강렬한 감정이 무엇인지 깨달았다.

할머니, 나의 할머니를 향한 그리움이었다.

나의 할머니는 1991년 6월에 세상을 떠났다. 할머니가 돌아가셨을 때 나는 물론 슬펐지만 그분을 잃은 애통함을 크게 느끼지는 않았다. 그때 대학교 1학년 신입생의 가장 빛나는 시기를 열렬하게 통과하느라 몹시 바빴다. 슬퍼하기엔 너무 신나는 시절이었다. 할머니가 갑자기 돌아가셨다는 소리를 듣고 내가 제일 먼저 떠올린 것은 친구들과 약속한 스터디와 줄줄이 늘어선 동아리 모임들이었다.

할머니의 마지막은 흔히들 '호상'이라고 말하는 모든 조건을 완벽하게 갖춘 것이었다. 할머니의 네 자녀와 열두 손자녀들은 아무도 다치거나 상하지 않고 모두 건강하게 잘 자랐고 할머니를 깊이 사랑했다. 돌아가실 때 할머니는 87세였는데 그 당시로는 충분히 장수하신 연세였다. 몇 가지 노환이 있으셨으나 신체나 정신이 급격히 쇠약해지는 과정을 거의 겪지 않았고 돌아가시기 전날까지도 활발하게 움직이셨다.

할머니가 단 하루도 자리에 눕지 않고 작별 인사조차 나눌 틈 없이 갑자기 돌아가신 것은 슬픈 일이었지만, 그분의 죽음이 받아들이지 못할 만큼 큰 충격이거나 손실이라는 생각은 조금도 들지 않았다. 할머니는 건강하셨지만 정말 연세가 많은 상노인이었으므로 그때 내 생각에 할머니와 작별은 그저 언제라도 일어날 수 있는 일, 자연의 섭리, 이미 어느 정도는 마음의 준비가 되어 있던 일이었다.

나는 친척들 사이에서 공식적으로 '할머니가 가장

사랑하셨던 아이'라는 평판을 얻고 있었다. 열두 손자
녀들 중에 내가 가장 막내였으니까 원래부터 풍성했던
그분 사랑의 잔여분을 내가 모두 털어 받았던 것 같다.
양으로 따지자면 그것은 3-4인분은 충분히 되었을지
도 모른다. 하지만 나는 친척들이 "할머니가 가장 사랑
하셨던" 하는 서두를 꺼낼 때면 늘 머쓱한 기분이 되었
다. 물론 나는 할머니께 깊이 사랑받았다. 하지만 내가
뭐 그리 대단한 것을 받은 적이 있나 싶었다. 할머니의
사랑은 뭐랄까, 어린 나에게 '쌀 한 말' 같은 느낌으로
들렸다. 많고 풍성하고 좋은 것이겠지만 그래서 그걸로
뭘 어쩌란 소리인가 싶은 기분이었다. (나는 쌀 한 말이
얼마나 되는 양인지 지금도 잘 모른다.)

할머니의 장례 절차 내내 나는 다소 맹숭맹숭한 기
분이었다. 물론 많이 울었다. 입관하고 하관할 때, 이제
저 다정한 분을 다시는 만지지 못한다는 것을 실감하면
서 눈물을 펑펑 쏟았다. 하지만 그뿐이었다. 생판 모르
는 남의 장례에서도 그 정도 눈물은 흘릴 수 있을 것이
다. 놀랍도록 아무렇지 않았다. '할머니가 가장 사랑하

셨던'이라는 말이 들릴 때면 그 거창한 표현에 비해 내 마음이 거의 격동 없이 고요한 것에 남몰래 죄책감을 느꼈다.

장례가 끝난 뒤에는 빠르게 내 생활로 돌아갔다. 신나는 대학 새내기의 일상이 내 앞에 펼쳐져 있었다. 술이 들어가면 동기들과 선배들에게 사랑하는 할머니를 잃었다고, 그분이 나에게 얼마나 소중한 분이었는지 아느냐고 꼬장을 부리기도 했던 것 같다. 하지만 그분을 상실한 것은 내 마음에 본질적으로 전혀 생채기를 남기지 않았다. 전혀. 거창했던 사랑의 전설치고는 참 조용하게 그분은 나를 떠나가셨다. 하긴 그분은 늘 조용한 분이었으므로 나는 내 애도가 그토록 얄팍한 것에 그다지 놀라지도 않았다.

임종의 자리에 누운 시외할머니 앞에서 돌연히 엎드려 통곡하기 전까지는, 나는 할머니를 완전하게 잊고 지냈다.

2.

아기에겐 무엇이 필요할까

많은 사람들이 은밀하게 경험하는 일일 것 같은데, 아기를 낳은 직후 내 감정은 고르지 않았다. 맨 처음 겪은 것은 격렬한 좌절감이었다. 나는 자연분만을 간절히 원했는데 뜻대로 되지 않았다. 만 하루 동안 유도분만을 시도했지만 아기는 배 속에서 나올 생각이 전혀 없었다. 결국 원치 않던 수술실로 갔다.

"아기는 건강해!"

"아주 예쁜 아기야! 약간 곱슬머리인 것 같기도 해."

잠시 정신을 잃었다가 눈을 떠보니 아기는 태어나 있었고 나는 찢어진 물주머니같이 이리저리 꿰매져 있었다. 모든 사람들이 나보다 먼저 아기를 만났고, 아기에 대해서 이미 많은 것을 알고 있었다. 내가 낳은 아기를 남들에게 소개받는 기분은 별로 좋지 않았다.

아기 쪽에서도 태어나 현생을 맞이한 기분이 좋지 않은 것 같았다. 아기가 나에게 보여준 첫 번째 반응은 거절이었다. 아기는 부루퉁한 얼굴로 모유를 한 입 먹더니 정말 놀란 얼굴로 퉤 하고 뱉었다. 젖 빠는 데에 익숙지 않아서 그런 게 아니라 '순전히 맛이 없어서' 깜짝 놀랐다는 표정이 역력했다. 나는 아기들이 가지고 태어나는 천부적인 표현력에 놀라는 한편 내가 생산한 모유의 품질에 다시 한번 기가 죽었다. 이미 젖병과 분유를 선호하게 된 아기에게 모유를 먹이기 위해서 36시간 동안 굶겨가며 싸워야 했고 씨름은 이후로도 10개월간 계속되었다. 아기는 내 가슴에 눈꼽만치도 애착이 없었고 늘 마지못해 모유를 먹었고 엄마 젖 말고는 다 맛있다는 것처럼 이유식에 아주 쉽게 적응했다.

나는 아기에게 모유를 먹이는 것에 필사적으로 집착했는데, 젖을 먹이는 행위 말고는 내가 이 아이의 엄마라는 확실한 느낌을 가지기 어려웠기 때문이었다. 정말 이럴 수가 있나 싶을 만큼 나는 엄마라는 역할에 자신감을 가질 수 없었다. 조부모가 아이의 이름을 지어주는 풍습에 대해서도 나는 반발심을 느꼈다. 아이의 이름을 짓는 것은 부모로서의 정체성을 가지는 과정에 매우 중요하다고 생각한다. 하지만 흔한 한국 풍습에 따라 내 아이의 이름은 시부모님이 정해오셨고 나는 받아들일 수밖에 없었다. 아이가 내 성씨가 아닌 남편의 성씨를 따라야 하는 것도 몹시 억울했다. 내가 낳았고 내 아이인데 아이에 대한 중요한 결정권은 모두 남들에게 있었다.

나에게 허락되는 부분이 크지 않았지만 내가 할 수 있는 한도 내에서는 노력을 했다. 나는 며칠 동안 고심해서 아이에게 '꿀짱아'라는 예쁜 애칭을 지어주었다. 어디서도 들어본 적 없는 독특한 이름이었고, 꿀처럼 달콤하고 탐스러운 느낌이 가득한 예쁜 이름이었다. 그 이름을 짓고 나서야 나는 조금 마음이 풀렸다.

한 달간 출산휴가가 끝난 뒤 복직해서 몇 달 정도 직장에 더 다녔다. 새벽에 친정 엄마에게 아이를 맡기고 출근하는 순간이면 언제나 마음이 무거웠다. 워킹맘이 되었으니 함께 있는 시간 동안 더 밀도 있게 잘해주리라고 결심했지만 정작 무엇을 어떻게 해야 하는지 몰라서 꿀짱아를 마주하면 머릿속이 새하얘지곤 했다. 그럴 때면 환청처럼 어떤 목소리가 귓가에 울렸는데, 그 목소리는 대략 이런 소리를 했다.

"멍청이 같으니라고. 아이를 바보로 만들 생각이야?"

"아이의 발달에 도움이 될 만한 좋은 자극을 줘."

"네가 엄마잖아. 엄마가 잘해야 아이가 잘 크지."

그런 목소리가 들릴 때 나는 정말 벼랑 끝에 놓인 것처럼 절박했는데, 그 벼랑 아래로 굴러떨어지면 아이가 멍청해지는 운명에 처하게 되는 것 같았다. '똑똑한 아이'를 향한 한국인의 열망이 결코 나를 비껴가지 않았음을 비극적으로 인식했다. 한평생 범생이의 인생을 충실하게 살아온 나는 그런 교과서적인 인생에 진저리를 치면서도 내 아이도 그 길을 걷게 해야만 한다는 절체절명의 요구가 날마다 환청처럼 귓가에 울렸다.

어린 꿀짱아를 친정에 보내기 전, 두 다리를 주물러 주고 있었던 어느 새벽에도 나는 은밀하게 그 목소리에 쫓기고 있었다. 그냥 젖을 먹이고 다리나 주물러주는 엄마 이상의 어떤 역할을 수행해야 한다는, 아기에게 지적 계발의 계기를 주는 엄마가 되어야 한다는 조바심이 내 등을 떠밀었다. 나는 꿀짱아의 다리를 주무르는 행위에 마사지 이상의 의미를 부여하기 시작했다.

"우리 애기 선수, 이 힘센 다리를 보십시오! 세계 최고입니다!"

생후 50일 꿀짱아는 선수가 되어서 무언가를 향해 달리기 시작했다. 꿀짱아는 희미하게 미소를 지었다.

"힘센 다리 세계선수권대회! 한국 대표 꿀짱아 선수입니다! 꿀짱아 선수, 다리에 힘을 주었습니다! 와!! 295킬로그램! 세계 신기록입니다, 여러분!"

고요하던 새벽 공기 속으로 스포츠 캐스터풍의 내 목소리가 퍼져나갔다. 꿀짱아의 희미한 미소가 나에게 용기를 북돋워주었다. 갓난아기 꿀짱아는 영웅서사가 곁들여진 스포츠 드라마를 좋아하는 것 같았다. 나는 평범한 다리 마사지에 무언가 유익한 교육적 자극을 접목한 것이 기분 좋아서 좀 더 과감해졌다.

"일본 대표 나까무라 선수 등장했습니다. 나까무라 선수 체중 벌써 10킬로가 넘는군요. 나까무라 선수 발차기! 300킬로그램 돌파했습니다! 꿀짱아 선수가 예선에서 달성한 세계 기록을 깨버렸군요! 우리 꿀짱아 선수가 나까무라 선수를 넘어설 수 있을까요? 대한민국 국민 여러분 우리 꿀짱아 선수를 응원해주십시오!"

스포츠의 백미는 역시 한일전. 함께 출근 준비를 하던 남편에게서도 긍정적인 텔레파시가 느껴지는 것 같았다. 나는 신이 나서 일본 선수를 격파하고 독일 선수와 준결승, 러시아 선수와 결승에 오르는 꿀짱아 선수의 대활약을 중계방송했다. 수다를 떠는 것은 나의 지치지 않는 주특기였고 이런 거라면 아기에게도 얼마든지 해줄 수 있을 것 같았다. 교육적이고 열정적인 엄마의 길을 걷기 위한 작은 돌파구를 찾은 것 같기도 했다.

꿀짱아는 용기백배한 엄마의 발차기 세계선수권 중계방송을 모호한 미소와 함께 듣고 있었는데, 잠시 후 반듯이 누워 천장을 보던 고개가 툭 떨어져 왼쪽 옆을 향했다. 신생아 시절에 꿀짱아는 어디서도 본 적 없는 대단한 짱구였더래서, 짱구베개의 도움으로 겨우 정면을 향하고 있던 얼굴이 균형을 잃고 옆으로 툭 무너진 것 같았다. 한없이 연약해 보이는 가녀린 목이 부자연스럽게 돌아간 것 같아서 나는 조심스럽게 꿀짱아의 머리를 반듯하게 세워주었다. 그리고 열정을 다해 세계선수권 대회 중계를 다시 시작하려는 차, 꿀짱아의 고개는 다시 툭 떨어졌다. 다시 세워주고, 다시 툭 떨어지고… 그러기를 몇 번쯤 반복하다 보니 새벽의 짧은 시간은 이미 다하여 나도 출근할 채비를 차렸다. 친정 엄마가 유모차에 싣고 데려갈 때에도 꿀짱아는 계속 고개를 삐뚜름하게 옆으로 돌리고 있었다. 꿀짱아의 그 모습은 왠지 오래도록 기억에 남았다. 세계선수권대회 중계방송을 더 하지는 않았던 것 같다. 한두 번 다시 시도할까 생각은 했지만 첫날의 열정이 돌아오지 않았고 왠지 머쓱한 기분이 되었다.

먼 훗날 우연히 접한 교양 강좌에서, 나는 신생아의 자기조절능력 발달단계에 대해 듣게 되었다. 아직 오감이 분명히 구분되지 않고 근육을 마음대로 움직이지 못하는 상태에서도 아기들은 반사작용을 넘어선 의지적 행동들을 하기 시작하는데, 강사는 이 장면을 그 예로 들었다.

"아기들의 자기조절능력 발달은 2개월령부터 이미 시작됩니다. 듣기 싫은 자극적인 소리가 들릴 때 아이가 고개를 돌리는 것 같은, 그런 일들도 자기조절의 시작에 속합니다. 그런 동작은 미미하고 일상적이라서 알아차리기 힘들지만 아기에게는 중요한 의미를 가지는 동작들입니다."

그 순간 십수 년 전, 힘겹게 툭 떨어지던 꿀짱아의 고개가 번개처럼 떠올랐다. 강사의 말은 과연 묘하게 맞아들었다. 가녀린 신생아의 목 근육으로는 커다란 머리를 돌리는 일이 쉽지 않았을 것이다. 나는 여러 번 꿀짱아의 고개를 세워 똑바로 앞을 보게 했고 아기는 온 힘을 다해서 다시 고개를 돌렸다. 아기 꿀짱아는 나의 그 카랑카랑한 발차기 세계선수권대회 중계방송이 듣기 괴로워서 온 힘을 다해 고개를 돌렸던 것이다. 미미하고 일상적이라서 알아차리기 힘들었지만 그것에는 중요한 의미가 내포되어 있었고, 나는 무의식적으로 그것을 느꼈기에 그 사소한 일을 잊지 못하고 오랫동안 기억에 저장해두었을 것이다.

그까짓 발차기대회, 그게 뭐라고 나는 그것이 좋은 엄마가 되기 위한 교육적 지적 자극의 시작이라 생각하며 아기의 잠이 채 깨지도 않은 새벽에 그 난리를 쳤던가. 차라리 꿀짱아가 기분 좋게 잠에서 깰 수 있도록 중얼중얼 혼잣말이나 가벼운 콧노래를 들려주는 것이 나았을 것이다.

사십 대의 어느 날, 사춘기 아이와 씨름에 지쳐 이런저런 강의들을 찾아 듣던 어느 날에 문득 떠오른 국가 대표 발차기대회의 기억은 한마디로 '이불 킥'이었다. 하지만 분명히 기억하는데, 꿀짱아가 생후 2개월령이던 그때 이미 나는 '교육적 지적 자극'의 망령에 쫓기고 있었다.

부끄러운 한편, 억울했다.

3.
네가 강아지라면

아이를 낳기 직전 나는 친정 가까이로 이사했다. 아
이를 돌보는 데에 친정 엄마의 적극적인 도움을 받을
수 있는 행운이 나와 함께했다. 이십 대 후반이던 나는
참 애매한 형편이었다. 다니던 직장은 갑작스러운 경영
위기로 휘청거렸고, 남몰래 마음에 품은 작가의 꿈은
쉽게 이루어지지 않았다. 일단 출산 전 재택근무를 신
청했으나 내 인생이 아이를 낳기 이전과 비슷한 형태로
지속되지 않을 것이라는 예감이 이미 짙었다.

등단을 기다리는 작가 지망생의 조바심을 포함해, 나는 내 삶에 꽤 만족하고 있었다. 직장 동료들은 다정했고 남편과도 사이가 좋았다. 아이를 낳은 뒤로 엄청나게 싸우게 되었지만, 어쨌거나 그때까지는 금실이 절정이었다. 퇴근 후에 맥주 한 잔을 놓고 즐거운 취미처럼 몇 글자 토닥토닥 두들기던 집필 활동에도 만족했다. 소소하게 만족스럽던 내 생활이 아이의 등장과 함께 어쩔 수 없이 대 변동을 겪게 되리라는 예감에 나는 긴장하고 말았다. 직장생활과 퇴근 후 집필은 병행할 수 있었지만 거기에 육아까지, 텀블링하는 공이 두 개에서 세 개로 늘어나는 것은 내가 감당할 수 있는 범위를 넘어갈 것이 분명했다.

결국 나는 아이를 낳은 직후 자의 반 타의 반 직장을 그만두고 갓난아이와 함께 집에 있게 되었다. 아이에게 꿀짱아라는 예쁜 애칭을 붙여주고 야심차게 전업 맘의 생활을 시작했지만 나는 세상에서 가장 서툰 새내기 엄마였다. 아이는 내 품 안에서 편안해하지 않고 몸을 버둥거리며 보채었다. 그러던 녀석이 친정 엄마 품 안에서는 편안하게 몸을 늘어뜨리고 잠이 들었다. 친정 엄마가 자주 아이를 돌봐주시며 내가 무언가를 할 수 있는 시간을 만들어주었지만 혼자 있는 시간에도 마음이 편안하지는 않았다. 돌이켜보면 그 무렵 나는 몹시도 심란했다. 꿀짱아가 태어남과 동시에 나는 이전 30년과는 전혀 다른 세계로 순간이동했는데, 그 새로운 정체성을 내 것으로 받아들이기가 생각보다 쉽지 않았다.

이전에 살았던 세계는 학교, 직장, 문화, 친구, 성취와 우정의 세계였다. 모두 두 글자 이상이었다. 아이와 함께하는 세계는 쉬, 똥, 침, 코, 토, 잠, 젖, 신기하도록 모두 한 글자였다. 아마 생명과 양육 활동이 그토록 근원적인 것임을 언어로서도 상징하는 바가 있지 않을까 한다. 나는 그것이 신기하면서도 거북했다. 좀 더 고차원적인 것, 언어와 문자로 이루어지는 활동, 교육받은 성인과 함께하는 대화를 목마르게 그리워했다. 먹고 자고 싸고 놀고 우는 것은 나의 삶이 아닌 것 같았다.

나는 꿀짱아와 단둘이 있게 되는 시간을 무서워했

고 작은 빈틈만 생겨도 쉽게 겁에 질렸다. 친정 엄마에게 달라붙는 거 말고는 어떻게 해야 할지 모르겠는 시절이었다. 아이에게 무엇을 어떻게 해줘야 할지 아무것도 머릿속에 떠오르지 않았다. 어설프나마 젖을 먹인다든지 잠을 재운다든지, 기저귀를 갈고 옷을 갈아입히는 활동들을 했지만 제대로 하고 있다는 느낌이 전혀 들지 않았다. 제대로 하는 것은 또 무엇인지?

신생아 시절 꿀짱아는 몹시도 까다로운 아기였다. 아이는 잠들지 않았고, 젖을 물지 않았고, 무엇보다도 웃지 않았다. 온몸으로 불행하다고 외치는 것 같았다. 나는 그 아이의 불행을 달래줄 방법을 알지 못해 동동거렸고 혹시 나 때문에 불행한 것이 아닌가 하는 죄책감에 자꾸 사로잡혔다. 어서 해가 뜨기를, 아침과 함께 꿀짱아를 달랠 수 있는 친정 엄마가 와주기를, 이 아이가 오로지 내 책임만은 아니기를 간절히 기도하며 숱한 밤을 보냈다. 나는 꿀짱아만큼이나 울고 짜고 징징거렸다. 산후 우울증 같기도 했다. 사람들은 시간이 흐르고 아이 돌보기에 익숙해지면 나아질 것이라고 했지만 상당한 시간이 흘러도 유능감은 찾아오지 않았다.

꿀짱아는 유아차도 아기띠도 격렬히 거부하며 오로지 내 두 팔로 안고 다닐 것만 요구했다. 피부의 80퍼센트 이상 나와 접촉되어 있지 않으면 발작하듯이 울어댔다. 한 시간쯤 동동거려 기껏 재워놓으면 5분 만에 눈을 반짝 떠버렸다. 나는 거의 언제나 녹초였다. 엄마가 된다는 건 심신이 피폐해지는 일이었다.

그렇게 봄이 가고 초여름이 찾아온 어느 날, 나는 여전히 불만에 가득 찬 작은 폭군과 함께 놀이터 벤치에 앉아 있었다. 날씨가 좋았지만 놀이터라고 해서 뭐 나을 것은 없었다. 내 딸은 놀이터의 놀이기구와 아이들의 소음에도 까칠해져서 칭얼거리고 있었다. 넋이 다 나가다시피 해서, 과연 언제쯤이면 이 아이가 자라서 놀이터에서 제 발로 뛰어놀 날이 올 것인지, 천문학적인 시간으로 느껴지는 먼 미래를 계산하고 있었다.

그때였다. 봄날의 나비처럼 팔랑거리는 작은 강아지가 눈앞에 나타난 것은. 족보라고 할 만한 것을 떠올리기 힘든 흔한 잡종개였다. 하지만 그 녀석은 아주 작았고, 아주 귀여웠고, 팔딱거리는 네 다리가 비틀거릴 만큼 어렸고, 어린 짐승 특유의 놀고자 하는 의지로 충만해 있었다. 핵전쟁 이후 폐허 같은 내 삶에 갑자기 찾아온 축복 같은 순간이었고, 나는 그 순간을 놓칠 수 없었다. 나는 서두르는 기색을 숨기지도 않고 강아지에게 다가갔다.

강아지의 주인은 나와 비슷한 또래의 젊은 여자였는데, 우리는 소개랄 것도 없이 쉽게 말을 텄다.

"데려온 지 일주일 되었어요."

그 여자는 어쩐지 나와 비슷한 표정을 짓고 있었다. 전쟁 이후의 폐허에서 구조를 기다리는 낙오병 같은 그런 표정 말이다.

"남편이 우겨서 데려왔는데, 난 개를 처음 키워봐요. 귀엽긴 한데 어떡해야 하는지 모르겠어요. 남편이 출근해버리고 나면 개가 하루 종일 보채는데. 애들도 학교에 가야 하고. 얘를 어쩌면 좋을까요?"

그렇다면 그는 사람을 제대로 만난 것이다. 나는 강

아지에게 어떻게 해야 하는지 알고 있었다. 생각에 앞서 이미 몸이 움직이고 있었다.

나는 무릎을 꿇고 놀이터의 바닥에 납작 엎드렸다. 바닥을 덮은 독한 우레탄 냄새가 코를 찔렀다. 얼굴이 바닥에 닿을 만큼 몸을 낮추고 두 손으로 바닥을 타닥타닥 두들겼다. 강아지는 내 몸짓을 즉각 알아차렸다. 녀석도 나와 똑같이 상체를 낮추고, 엉덩이는 바짝 올리고, 스프링처럼 퐁퐁 뛰어오르기 시작했다. 깃털 같은 꼬리가 맹렬하게 흔들렸다.

"어머, 어머, 애 좀 봐. 얘가 좋아하는 것 좀 봐."

강아지의 주인은 감탄했다. 내가 가진 재주는 그리 대단한 것이 아니었다. 그냥 납작 엎드려서 이쪽저쪽 바닥을 두드리기만 하면 그만이었다. 그러면 주먹만 한 털뭉치가 이리 뛰고 저리 뛰고 하면서 신이 나서 어쩔 줄을 몰랐다. 조그만 나뭇가지를 던져주기도 했다. 강아지가 작으니까 멀지 않게, 겨우 1미터나 될까 싶을 만큼 톡 던져주면 녀석은 작은 맹수가 되어서 나뭇가지에 맹렬하게 덤벼들었다. 손으로 씨름을 하면서 바닥에 쓰러뜨려 눕히기도 했다. 녀석은 매너가 아주 좋은 강아지라서 내 손을 갉작갉작 깨무는 시늉만 하며 장단을 맞추었다. 아이고 예쁜 놈, 요 하찮고 귀여운 놈, 나는 녀석을 쓰다듬고 얼굴을 부볐다. 녀석도 분홍색 혀로 내 얼굴을 열심히 핥았다. 우리는 전생에 헤어진 애인들처럼 딱 달라붙어 떨어지지 않았다.

"이렇게 해주시면 돼요. 이게 놀자는 뜻이에요. 그리고 이렇게 만져주시고. 바닥에 데굴데굴 굴려주시고, 그러면 돼요. 강아지는 이런 걸 최고로 좋아해요."

이렇게 교육적인 대사로 다 큰 여자가 놀이터를 데굴데굴 굴러다닌 체면을 어렵게 수습하다가, 문득 내가 오랫동안 쓰지 않은 근육들을 썼다는 것을 깨달았다. 너무 웃어서 광대뼈 옆 근육이 피로했다. 나는 뻣뻣하게 이물감이 느껴지는 광대뼈를 꾹꾹 눌러서 마사지를 했다. 꿀짱아는 처음 보는 강아지라는 신기한 존재에 홀딱 반해서 보채는 것도 잠시 잊고 눈이 휘둥그레져 있었다. 그 모습을 보면서 문득, 내가 아이를 볼 때

와 강아지를 볼 때 사용하는 얼굴 근육이 다르다는 사
실을 깨달았다.

강아지를 보면서 나는 입이 찢어지도록 웃고 있었다.
함박웃음이라고밖에는 표현할 길이 없는 웃음이었고,
그 웃음에 쓰이는 근육은 매우 특별해서 일상의 웃음과
는 달랐다. 내가 지극정성으로 꿀짱아를 돌보면서도 무
언가 빠졌다고, 부족하다고, 완전하지 못하다고 느꼈던
것이 무엇이었는지 깨달았다. 그것은 함박웃음이었다.
나는 내 아이에게 이렇게 웃어 보인 적이 없었다.

물론 나는 그동안 많이 웃었다. 아이를 낳은 것이 행
복했고 엄마가 된 것이 신기했다. 꿀짱아를 보면서 많
이 웃었다. 하지만 내 웃음은 무언가에 많이 짓눌려 있
었다. 엄마 노릇을 해야 한다는 부담과 잘하고 있지 않
은 것 같다는 위축감, 아이를 기르다가 내 인생이 실종
될 것 같다는 조바심, 여러 가지 무거운 맷돌들에 짓눌
려 내 웃음은 쾌활하지 않고 어딘가 찌그러져 있었다.

검은색 얼룩이 있는 하얀 강아지와 놀아준 그날 놀

이터의 우레탄 바닥에서 나는 잃어버린 퍼즐 조각을 찾았다. 사랑한다는 것, 좋아한다는 것의 원래 모습. 몸을 낮추고, 손으로 바닥을 두드리고, 데굴데굴 구르고, 입이 찢어지도록 웃는 것. 만지고 부비고 냄새 맡고 즐기는 것. 내가 강아지를 보자마자 자동으로 쉽게 할 수 있었던 것. 딸에게 그동안 해주지 못한 것.

아이를 낳고서도 1년이 넘도록 찾지 못했던 퍼즐 조각을 찾아 들고, 나는 그토록 단순한 것을 그렇게 오랫동안 까맣게 잊고 있었다는 것에 스스로 놀랐다. 앞으로는 잘할 수 있을 것 같았다. 나는 짜릿한 기분으로 꿀짱아를 다시 보았다.

네가 강아지라면.

벌써 다 해낸 기분이었다.

4.

관용 속에 사라진 것들

물론 다 해낸 것이 아니었다. 강아지를 볼 때 짓는 입이 찢어질 것 같은 웃음을 아이에게 지어주기 시작한 것은 중요한 변화였지만, 그것만으로는 사실 거의 아무것도 해결되지 않았다. 내 딸은 여전히 나에게 죄책감 생성기였다. 꿀짱아는 도무지 행복해 보이지를 않았다.

훗날 알게 된 바, 꿀짱아는 기질적으로 말이 없고 표정이 적은 아이였다. 행복한 아이는 까르르 웃는다는 것은 미디어가 만들어낸 환상 중 하나였다. 행복해도 큰 소리로 웃지 않는 사람이 있었다. 꿀짱아가 그랬다. 기분이 좋으면 소리 없이 벙긋 웃는 정도였다. 하지만 초보 엄마였던 나는 내가 행복하게 해주지 못하기 때문에 꿀짱아가 내내 뚱한 표정으로 있는 것이 아닌가 하는 조바심에 수시로 쫓겼다.

우리가 허둥거린 가장 큰 이유는 아이의 심한 낯가림이었다. 꿀짱아는 정말 치가 떨리도록 낯을 가렸다. 아이가 피부 접촉을 용납하는 사람은 친정 엄마와 나 두 사람뿐이었고 낯선 얼굴이 있으면 내내 불편해했다.

친정 엄마는 아이의 낯가림에 관대했다.

"괜찮다. 똑똑한 아이들이 낯을 가린다. 뭘 좀 안다는 뜻이거든."

하지만 나는 미래에 아이가 똑똑할 것이라는 희망만으로 그렇게 관대해지기가 어려웠다. 아이가 낯을 심하게 가리는 바람에 나는 타인과 교류가 어려웠고 정신적으로나 신체적으로 몹시 피로했다. 낯을 가리지 않고 벙싯벙싯 웃으며 낯선 사람의 품에도 척척 안기는 이웃집 아이들이 너무너무 부러웠다.

"네가 이럴 때 한 짓을 생각하면 네 딸이 낯을 가리는 건 당연하지. 너처럼 심하게 낯을 가린 아이가 세상에 또 있었을라고?"

엄마 말이 옳았다. 사실 딸더러 뭐라고 할 수도 없는 게, 꿀짱아의 낯가림은 유전이었다. 어린 시절 나는 낯가림으로 악명 높았다. 삼촌들이나 고모부처럼 남자 목소리가 들리기만 하면 기겁을 하고 자지러져서 할머니가 나를 데리고 작은 방으로 들어가 숨어야 했다.

꿀짱아를 낳은 뒤 전설처럼 들었던 그 일을 나도 하게 되었다. 친척이나 손님이 오시면 나는 가벼운 인사만 나눈 뒤 아무도 없는 방으로 가서 딸과 단둘이 숨어 있었다. 친구들을 만나는 모임에서도 나는 아이의 낯가림 때문에 약속 장소 밖에서 아이와 서성거려야 하는 일이 많았다. 막상 해보니 속상한 일이었다. 나도 놀고 싶었기 때문이다. 늘 만나던 가족이 아닌 반가운 얼굴들, 그들이 몰고 오는 세상 소식, 새로운 분위기, 그런 것을 즐기지 못하고 아이와 작은 방으로 숨어야 하는 것이 속상했다. 나도 함께 과일을 먹으며 느긋하게 수다를 떨고 싶었다. 하지만 나는 아이와 함께 소멸해야 하는 운명이었다.

귀에 들리는 대화와 웃음소리에 엉덩이가 움찔움찔했다. 나도 당장 달려가 거기 끼어 앉고 싶었다. 그러지 못하게 하는 껌딱지 꿀짱아에게 화가 나서 얼굴이 울그락불그락했다. 손님이 오거나 약속이 있는 날이면 나는 대체로 그런 과정을 거쳐서 마음이 상하고 마는 결론으로 가곤 했다.

손님들도 친구들도 내가 아이와 함께 사라지는 것을 좋아하지 않았다. 그들 또한 나를 반가워했고 새로 태어난 아기와 모처럼 시간을 함께 보내고 싶어 했다. 아이가 하자는 대로 너무 오냐오냐 하면 낯가림이 더 심해진다고, 아이가 싫어하더라도 함께 시간을 보내며 낯선 사람에게 익숙해져야 더 좋다고 충고를 하기도 했다.

그럴 때 나는 많이 헷갈렸다. 아이와 단둘이 숨는 것이 과연 옳은 일일까? 아이가 낯선 사람과 만남에 익숙해져야 하는 게 아닐까? 싫어하더라도 조금씩 사회적 교류를 경험하게 하는 것이 아이에게 필요하지 않을까? 나는 지금 아이에게 휘둘리는 건가? 아이를 망치는 중인가? 꿀짱아는 영원히 낯선 사람에게 말 한마디 떼지 못하는 폐쇄적인 아이가 되는 걸까? 나 같은 사람을 일컬어 오냐오냐 하는 부모라고 하는 것은 아닐까?

실은 그런 혼란스러움이 가장 큰 고통이었다. 육아에 답을 알 수만 있다면, 그것이 정답이라고 누가 정해주기만 하면 힘들더라도 참고 꾸역꾸역 할 텐데. 낯가림 때문에 몸과 마음이 힘든데 내가 지금 잘하는 것인지 알 수도 없고 심지어 아이를 망치는 중일 수도 있다니. 그건 너무 가혹했다. 젊고 경험이 없던 나에게는 어딘가 믿고 의지할 확실한 무언가가 절실하게 필요했는데, 아이를 키우는 문제에는 확실함이라는 게 아예 없다시피 했다. 몸이 힘든 것 이상으로 그런 혼란들이 더 괴로웠다.

그러던 어느 날, 역시 친척들이 찾아와 나는 아기 꿀짱아와 방에서 단둘이 시간을 보내고 있었다. 꿀짱아와 누워 천장을 바라보고 있으려니 노르스름한 햇살이 드는 방, 공기 속을 떠다니는 먼지들이 보였다. 그건 어쩐지 낯익고 정겨운 모습이었다. 지금은 플라스틱 장판이지만 그때는 콩기름을 먹인 장판이었다. 네모난 장판지들이 일정한 격자무늬를 이루며 겹치던 작은 방, 노르스름한 햇살 사이로 떠다니는 먼지들이 있었다. 방금 걸레질을 해서 깨끗한데도 방바닥에 얼굴을 대고 보면 무수히 많은 먼지들이 보였다. 손바닥으로 방바닥을 다시 문질러보면 몇 개의 먼지가 내 손에 밀려 사라졌지만 그래도 여전히 수없이 많은 먼지들이 있었고, 아주 약간만 눈을 떼고 보면 먼지들은 보이지 않고 유리알처럼 반들반들한 깨끗한 방바닥뿐이었다.

내가 방바닥에 얼굴을 대고 먼지들을 보던 시절이 있었다. 그때는 세상을 그렇게 현미경처럼 보았던 것 같다. 깨끗한 방바닥인데도 알고 보면 무수히 많은 먼지, 있기도 하고 없기도 한 존재, 그런 이중성이 무척이나 신기했다. 양자역학과도 비슷한 신비의 세계였다. 먼지는 존재하는 것인가 존재하지 않는 것인가 생각하며 먼지를 밀어내던 내 촉촉하고 어린 손가락. 하찮은 일에도 무척이나 골몰하여 긴 시간을 보내던 시절이었다.

그 먼지들 사이에 만일 개미가 한두 마리 섞여 있었다면? 그것은 더욱 크고 중요한 일이었다. 나는 방으로 침입해 들어온 개미에 놀라서 손가락질했을 것이다. 개미! 하고 외쳤을 수도 있지만, 아마도 침묵 속에서 손가락질만 했을 것이다. 그러면 할머니도 개미를 보고 깜짝 놀란 얼굴을 했다. 할머니 특유의 놀라는, 또는 놀라는 척 장단을 맞추는 얼굴이었다. 우리가 함께 지내는 방에 개미가 들어온 것이 그때 나에게는 아주 중요한 일이었다. 청결이나 위생의 문제는 아니었고 내가 그것을 발견했다는 것이 중요했다. 할머니가 놀란 얼굴을 하는 것은 할머니가 그 중요함에 동의한다는 뜻이기도 했다. 할머니가 동의하는 것이 또한 나에게는 중요했다. 나는 극도로 만족해서 다시 느긋하게 뒹굴거리면서, 떠다니는 먼지와 노란 햇살, 콩댐 장판, 그리고 가끔 나타나는 개미와 날파리 같은 사소한 것들에 지치지도 않고 골몰했다.

그것은 내 어린 시절의 기억이었다. 할머니가 어린 나와 단둘이 방에만 있어야 했던 시간들이 무료했을 수도 있겠다는 생각이 뒤늦게야 들었다. 할머니도 마루에 나가서 오랜만에 찾아온 친척들과 시간을 보내고 싶었을 것이다. 하지만 내가 울고불고 자지러지는 바람에 어쩔 수 없이 할머니는 나와 함께 방에 있는 역할을 맡아야 했을 것이라는 정황이 이제야 파악이 되었다.

낯선 시선과 목소리들을 싫어해서 울고 자지러졌다고 한 것치고는 내 기억 속의 감정들은 놀랍도록 평화로웠다. 문밖에서 들리는 우렁우렁한 남자의 목소리에 귀 기울이던 기억도 어렴풋이 떠올랐지만 싫고 괴로웠던 기억이 전혀 아니었다. 그것은 오히려 조용한 만족감에 가까웠다. 낯선 사람들과 함께 있기 싫다는 내 호소를 할머니가 들어주었으므로 나는 안전하고 만족스럽게 낯선 목소리를 들었다.

울고불고 자지러지는 단계에서 분명히 불안하고 불만스러운 감정이 선행되었을 텐데, 그 부분의 부정적인 감정들은 휘발되어 놀랍도록 깨끗이 사라지고 할머니와 단둘이 있는 것에 흐뭇하고 만족했던 기억만이 안정적으로 남아 있었다. 나는 나의 옛 기억이 그토록 불균형함에 신기함을 느끼며 오래된 감각들을 되살리는 일에 좀 더 집착해보기로 했다.

"애두 참, 별나기도 해."

할머니는 그렇게 말했던 것 같다. 내가 지독하게 낯을 가리고 숨을 곳, 단둘이 안전하게 숨을 곳으로 가자고 몸부림칠 때 할머니는 그렇게 말하며 작은 방으로 들어갔다. 작은 TV를 켜놓고 손녀가 찾아낸 방바닥의 개미 같은 것에 관심을 보이며 시간을 보내는 동안 할머니는 속상해하지 않았던 것 같다. 오히려 당신에게만 달라붙는 손녀의 집요한 애정에 어느 정도 만족감을 느끼셨던 것 같기도 하다.

나는 한 번도 낯가림으로 비난받거나 야단을 맞지 않았다. 내가 기억하는 낯가림의 순간에 할머니의 얼굴에는 은은한 미소뿐이었다. 나는 내 낯가림이 잘못된 것이거나 영원히 문제가 될 것이라는 암시를 받지 않았다. 그것은 생의 초기에 잠시 내 곁을 떠돌다가 유쾌한 농담 같은 자취만을 남기고 열 살이 넘은 어느 날 스르르 사라졌다. 낯가림이 영원한 병이 되기는커녕 오히려 다소 지나치게 극복한 경향이 없지 않아, 오늘날 나는 어딜 가나 친구를 한 두름 만들고 화목한 관계를 즐기는 핵인싸 유형의 인간이 되었다.

편식도 그랬다. 나는 지독하게 입이 짧은 아기였다. 영양실조로 죽지나 않을까 걱정할 만큼 대차게 굶어서, 나에게 무언가를 먹이기 위한 엄마의 노력은 눈물겨웠다. 주걱에 묻은 밥풀은 좀 떼어 먹는 편이라서, 엄마는 주걱에 밥 한 공기를 다 붙이기 위해 노력했다. 하지만 밥풀을 조금만 많이 붙였다 싶으면 나는 어김없이 고개를 홱 돌려버렸다. 그래놓곤 기운이 없어서 지나가는 선풍기 바람에도 요란한 쿠당 소리를 내며 뒤로 자빠졌다.

유아기 기억이 유난히 풍부하게 남은 나는 내가 밥을 먹지 않았던 이유도 정확하게 기억한다. 그때 나는 '밥풀 냄새'가 싫었다. 왠지 그것은 고개를 돌리게 만드는 냄새였다. 하지만 밥이 약간 눌면 고소한 냄새가 생기면서 밥풀 냄새가 사라져서 믹을 수 있었다. 밥이 완전히 누룽지가 되면 그 뻣뻣한 촉감 때문에 또 먹기 싫어졌다. 노르스름한 기운이 감돌기 일보 직전의 부드러운 누룽지 상태로 쌀알이 주걱에 붙어 있으면 즐겁게 먹었다.

지금은 예민한 미각을 먹는 일에 잘 활용하고 있지만 어쩐 일인지 유아기에는 그게 잘 되지 않았다. 쌀 냄새, 음식 냄새가 뒤섞인 텁텁한 공기 같은 것에 질겁하고 고개를 돌리곤 했다. 어른들은 도무지 이해하지 못했지만, 그때 나에겐 참을 수 없이 중요한 일들이었다.

하지만 내 옛 기억을 뒤져본 결과, 그곳에 배고픔의 고통 따위는 존재하지 않았다. 누룽지가 되기 일보 직전의 밥풀 몇 개에서 느끼던 고소하고 부드러운 맛을 기억한다. 겨우 주걱에 붙은 밥풀 몇 개를 섭취했을 뿐이지만 그것은 엄연히 맛있게 먹은 '즐거운' 기억이었다. 밥뿐만 아니라 많은 것들이 그랬다. 사과 한 입, 구운 식빵 한 입. 한쪽도 아니고 딱 한 입씩만 먹었지만 몹시 즐겁고 맛있었던 기억으로 저장되었다.

처음으로 짜장면을 먹었던 날도 기억한다. 입안 가득히 퍼지는 부드럽고 고소한 맛을 느끼면서 세상에 이렇게 맛있는 음식이 있다니! 하고 감탄했다. 하지만 나의 부모님이 기억하는 버전은 전혀 다르다. 그날도 나는 짜장면을 딱 한 입 먹고 고개를 내저으며 튀어 도망가 버려서 부모님을 낙심시켰다. 아마 그랬을 것이다. 어떤 이유에서인지 나는 딱 한 입을 몹시 행복하게 먹은 것으로 식사를 마쳐버렸다. 어른이 된 다음에, 그 짜장면이 몹시 맛있었다고 하니까 엄마는 "맛있었으면 더 먹지 그랬냐"고 어이없어했다. 지금 생각하니까 그런데, 그때는 맛있으니까 더 먹어야겠다는 생각은 조금도 들지 않았다.

자라면서 조금 나아지기는 했지만 먹는 문제에 예민하기는 한동안 여전했다. 나는 식탁에서 닭조림의 껍질을 벗겨내고 삼겹살의 여러 겹 비계를 꼼꼼히 뜯어내는 일에 많은 시간을 보냈다. 남들이 수육의 비계를 맛있게 먹는 모습을 보기만 해도 비위가 상한다고 오엑오엑

토하면서 까탈을 부리기도 했다.

내가 돼지고기의 비계를 필사적으로 도려내는 걸 보면서 외삼촌이 껄껄 웃었다.

"너는 제일 맛있는 것만 쏙쏙 내다버리는구나?"

비계가 그렇게 맛이 있으면 삼촌이 다 먹든가, 하고 다소 버릇없는 대답을 했던 것 같은데 삼촌은 세상에서 가장 신나는 일이라는 듯이 정말로 내가 뜯어낸 돼지비계를 날름날름 먹어치웠다.

"아이구, 이렇게 맛있는 것을 나 혼자서 다 먹다니. 아이구, 세상에 이렇게 맛있는 것을."

나는 눈이 동전만 하게 커다래져서, 삼촌이 비계를 깨끗이 먹어치우는 모습을 보았다. 정말 맛이 있으니 한 입 먹어보지 않겠냐는 꼬드김에는 한 치도 넘어가지 않았지만, 번들번들한 비계에 커다란 김치를 척척 얹어서 널름널름 먹어치우는 삼촌은 정말이지 멋있어 보였다. 다소 응석받이였던 나는 외삼촌들이 내 또래 친구들이기나 한 것처럼 만만하게 여길 때가 많았는데, 그날 삼촌의 모습이야말로 진짜 범접할 수 없는 어른의

풍모였다. 그때 나는 진정한 어른이란 저렇게 비계와 김치를 척척 먹어치우는 사람이라고 마음속에 하나의 기준을 세웠던 것 같다. 그리고 훗날 나는 그런 어른이 되는 것에 성공했다.

가끔 야단을 맞을 때도 있었지만 나의 부모님은 편식에 대체로 관대했다. 어린 시절에 하도 안 먹었더래서 이 정도라도 먹는 것이 얼마나 다행이냐 생각했던 모양이다. 낯가림도 편식도 하염없는 관용 속에 스르르 사라져 소멸했다. 문제가 되었던 것은 오히려 부모님이 발본색원의 의지를 불태웠던 것들이었다. 대수롭지 않게 넘어간 문제들은 대수롭지 않게 사라졌다. 나는 이제 누구보다 맛의 세계를 즐기는, 못 먹는 음식이 거의 없는 식도락가가 되었다.

핵인싸에 식도락가, 그것은 어린 시절 낯가림과 편식 대마왕이던 내 모습을 보면 상상해내기 어려운 미래였지만, 긴 시간을 거치는 동안 나는 서서히 그런 사람이 되어갔다. 곰곰 생각해보았을 때 그 과정의 가장 큰 동력은 관용이었다. 야단맞지 않고 자책하지 않는 여유로운 분위기 속에서, 그저 잘 먹고 잘 노는 사람이 멋있어 보이는 경험들이 쌓이다 보니 자연스럽게 그렇게 되었다. 그리고 그런 관용이 함께하지 않았던 몇 가지 다른 경우들이 생각났고, 그런 일들은 내 안에 생채기를 남기며 훨씬 일이 부드럽게 풀리지 않았다는 안타까운 깨달음으로 이어졌다.

오후의 노란 햇빛에 떠도는 먼지 속에서 나는 그런 생각의 물결 위를 둥실둥실 떠돌았고, 사교의 장에서 유배되어 아이와 단둘이 있는 시간이 한결 견디기 쉬워졌다. 아기 꿀짱아는 거실에서 들리는 소음에 여전히 신경을 쓰고 있었지만 나와 함께 있게 된 것을 다행스럽게 여기는 것 같았다. 적어도 내 눈에는 그렇게 보였다. 꿀짱아의 짜증과 까다로움이 박멸하거나 극복해야 할 대상이 아닌 것으로, 다르게 보기로 마음먹었다. 지금 나를 괴롭히는 아이의 예민한 기질은 훗날 섬세한 감각으로 발전해 그 아이의 인생을 풍요롭게 할 것이

며, 그때가 올 때까지 우리는 아주 많은 관용을 필요로
할 것이다.

꿀짱아가 장난감의 버튼을 누르자 깃발이 튀어나왔다.

나는 방바닥에서 개미를 발견한 것처럼 깜짝 놀란
표정을 지었다.

5.
두 사랑의 평행우주

어릴 때는 할머니와 방을 함께 썼지만 사춘기가 되면서 나는 혼자 쓰는 방을 원하게 되었다. 내 방을 만들어달라고 말해봐도 부모님은 별 반응이 없었다. 어느 날 나는 방문을 걸어 잠그고 식구들이 아무리 아우성을 쳐도 못 들은 척하고 죽은 듯이 누워 있었다. 아버지가 먼지로 뒤덮인 창고를 뒤져 오래된 열쇠를 찾아낼 때까지 할머니는 몇 시간이나 방에 들어오지 못했다. 된통 야단을 맞았겠지만 그 부분은 별로 기억나지 않는다.

분명 사춘기 아이의 그 표정을 짓고 있었을 것이다. 그 뒤 곧 내 방이 생겼다.

할머니는 1991년 내가 스무 살이 되던 해까지 내 곁에서 나의 성장기를 온전히 꽉 채우고 떠나셨지만 내가 그분에게 양육을 받았다는 생각은 해본 적이 없었다. 나의 양육은 온전히 엄마가 담당했다. 엄마가 입원했을 때 나는 할머니가 과연 엄마 대신 밥을 할 수 있을까 내심 걱정했다. 다행히 할머니는 소박하고 맛있는 몇 가지 반찬들을 내놓았는데, 그때 나는 할머니가 밥을 할 줄 안다는 사실에 상당히 놀랐다. 나는 할머니를 사랑했지만 대체로 그분을 방에 놓인 목각 인형처럼 여기기도 했다.

할머니는 나를 키우는 문제에 거의 관여하지 않았다. 아버지도 할머니도, 자식을 키우는 일은 당연히 엄마의 소관이라고 여기고 일임했다. 엄마의 교육 방식은 매우 성취 지향적이었다. 엄마는 오빠와 내가 좋은 성적을 거두고 좋은 대학에 가고 좋은 직업을 가지고 성공적으로 사는 것이 무엇보다 중요하다고 여겼다.

"달리는 말에 채찍질한다."

엄마가 가장 많이 강조했던 격언이었다. 오빠와 나는 매우 잘 달리는 망아지들이었다. 우리는 최고의 성적을 거두고 최고의 대학에 가고 최고로 원하던 직업을 가지고 훌륭한 결혼생활을 하며 모든 기대에 완벽하게 부응했다. 그러던 사십 대의 어느 날 나는 흐느끼며 잠에서 깨어났다. 꿈에서 하던 소리를 여전히 되뇌고 있었다.

"이래봤자 다 소용없어."

내 삶에는 아무 문제도 없었다. 경제적으로 안정되었고 남편과 사이도 좋았고 작가로서의 삶에도 충실했다. 따뜻함을 나누는 좋은 친구들도 헤아릴 수 없이 많았다. 꿀짱아가 사춘기에 이르러 다소 까칠해지기는 했으나 귀여운 정도에 불과했고 공부도 알아서 잘했다. 누구나 부러워할 만한 부족함 없는 삶이었다. 그런데도 나는 이래봤자 다 소용없다는, 밑도 끝도 없는 생각에 사로잡혀 아무 기쁨도 느낄 수 없었다. 그동안 거둔 성공을 모두 떠올려봐도 아무 도움이 되지 않았다.

학부모들에게 흔히 듣는 질문이 있다.

"아이를 엄격하게 훈육하는 타이거 마더라고 해도, 아이가 부모의 기대에 모두 부응할 만큼 성공을 거둔다면 서로에게 좋은 일이 아닐까요? 성공했는데, 상처가 남을 이유가 없잖아요?"

나는 계속해서 괜찮은 성공들을 거두었다. 좋은 성적을 거두는 것에 성공하고, 좋은 대학에 가는 것에 성공하고, 이름난 문학상을 받는 것에 성공하고, 좋은 작품들을 쓰는 것에 성공했다. 그런데도 어느 날 내 발밑의 땅이 무너져내렸고 나는 무슨 일을 해도 이 동굴에서 빠져나갈 수 없을 것이라고 절망하며 어둠 속에 파묻혔다. 성공은 상처를 아물게 하지 않았다.

엄마는 달리는 말들에게 채찍질을 가하는 게 엄마의 할 일이라고 확신했고 성실하고 꾸준하게 그 일을 수행했다. 그것이 엄마의 교육하는 방법이고 사랑하는 법이었다. 나는 그 교육과 사랑을 먹고 자랐다.

할머니는 엄마의 신식 교육 방식에 동의하지 않았다. 내 울음이 너무 길다 싶은 날은 내가 혼나고 있는 방 문을 홱 열고 두 주먹을 꼭 쥐어 허리 근처에 대고 여장부처럼 호통을 쳤다.

"그만해라! 애가 다 그렇지, 에미 별나서!"

하지만 겨우 그게 다였다. 할머니는 말수가 적은 사람이었고 아이를 키우는 것은 엄마의 신성한 영역이라고 여겨서 되도록이면 관여하지 않았다. 나에게 엄마를 욕하거나 흉을 보는 일도 없었다. 내가 안돼 보이는 날은 시선을 TV 화면에 고정한 채로 혼잣말처럼 한숨 섞어 중얼거리는 게 전부였다.

"에미 별나서."

할머니는 옳다 그르다라는 가치 판단을 함부로 내리지 않는 사람이었다. 할머니는 마음에 들지 않는 일이 있으면 나쁘다거나 못됐다는 표현을 쓰지 않고 별나다고 했다. 엄마뿐 아니라 내가 못마땅할 때도 똑같이 별나다고 했다. 사람마다 제각각 별난 개성들이 있는데, 함께 살다 보면 그것이 때로 견디기 힘들 지경이 되곤 한다는 평범한 진리를 할머니는 그렇게 표현했다. 살면서 부딪히는 많은 갈등들이 옳고 그름의 차원이 아니라 부대낌의 문제인 것을 그분은 알고 있었다.

어린 나는 혼날 일이 많았다. 못해도 혼나고 잘해도 혼났다. 달리는 말에 채찍질을 해서 더 잘 달리게 하는 것이 엄마의 확고한 교육관이었기 때문에 잘하면 잘할수록 혼나야 할 이유들이 점점 더 많아졌다. 하루가 멀다 하고 혼나던 나는 헤어날 수 없는 미궁에 빠진 듯 혼란스럽고 고통스러웠다. 그럴 때마다 할머니는 "에미별나서"라고 중얼거렸는데 어린 나는 별스럽지 않은 그 말에서 중요한 정보를 무의식에 저장했다. 내가 혼이 나는 이유는 내가 잘못해서가 아니라 엄마 성격이 유난하기 때문이라는 거였다.

할머니는 나를 불길 같은 닦달에서 구해주지는 못했지만 적어도 내가 불필요한 혼란에 빠지는 것은 확실하게 막아주었다. 나는 나 자신을 의심하거나 미워할 필요가 없었다. 나는 이 문제가 얼른 자라서 엄마의 유난한 성격의 영향권에서 벗어나기만 하면 해결되는 것이라고 결론짓고 내 또래보다 일찍 결혼함으로써 그 문제를 재빠르게 해결했다.

하지만 할머니가 거의 틀어막아줄 뻔했던 자아의 혼란은 이래봤자 다 소용없다고 흐느끼면서 깨어나는 새벽들이 되어 중년의 위기로 다시 엄습했다. 나 자신의 좌절에 겹친 꿀짱아의 사춘기를 넘기느라 날마다 죽을 것 같은 기분으로 눈을 떴다. 도서관의 심리학 서가와 육아서들을 뒤적이다가 문득 할머니가 늘 하던 "에미 별나서"가 떠올랐고 어릴 때는 미처 알지 못했던 숨은 의미를 찾아냈다. 할머니는 보이지 않게 나에게 "네 잘못이 아니야"라고 말해주고 있었던 거였다. 이것은 많은 불필요한 혼란을 건너뛸 수 있게 해주었고 중요한 사고의 출발점이 되어주었다.

그제서야 나는 내가 할머니에게 보이지 않게 양육받았다는 것을 깨달았다. 나를 기른 것은 활동적이고 에너지 넘치는 엄마였지만 정물이나 소품 같았던 할머니는 양육의 대가답게 최소한의 언어와 행동만으로도 만만찮은 영향력을 행사했다. 내가 자란 집에서는 두 명의 강력한 양육자가 전달하는 상반된 메시지가 두 개의 사랑으로 20년간 평행우주처럼 나란히 흘렀다. 나는 유별나게 발달된 유년 기억으로 분열적이고 모순적인 두 가지 사랑의 기억들을 차곡차곡 저장했다. 그리고 중년의 위기와 양육의 고비가 함께 닥친 어느 날부터 그 오래된 기억들을 꺼내 하나하나 먼지를 털고 그 사랑들이 나에게 끼친 장기적인 영향과 의미를 되새기기 시작했다. 먼지를 털어내자 놀라운 보물들이 수없이 튀어나왔다.

나라는 한 인간을 두고 두 가지 상반된 교육관이 첨예하게 부딪친 40년간의 종단 연구가 이루어진 셈이었다. 내 안에는 방대한 연구 자료가 가득 쌓여 있었다. 나는 마침 기억력이 좋고 무의식과 의식의 교류가 활발하며 인간의 성격과 관계를 분석하는 데에 열광적인 최고의 연구 자료이자 연구자였다. 그 연구 결과를 해석하기에 따라서 내가 내 딸을 어떻게 기를 것인가 하는 정책이 결정되었다. 스스로에게 진지하게 질문하고 진지하게 되새기고 진지하게 답하는 과정에서 천천히, 흐느끼며 깨어나는 아침이 줄어들었다.

어느 날 내 친구가 내 인생의 첫 기억이 무엇이냐고 물었을 때, 나는 뒷마당에서 병아리를 처음으로 보았던 날을 떠올렸다. 첫 돌에서 두 돌 사이가 아니었을까 싶다. 동물을 좋아하는 나는 노랑 병아리들이 철망 속에서 열무 이파리를 쪼아 먹는 모습에 홀딱 빠져 있다가, 병아리를 만져보고 싶어서 철망에 손가락을 가져다 댔다.

병아리는 철망에 다가온 손가락을 콕 쪼았다. 어린 나는 돌연한 날카로운 감촉에 소스라쳐 울음을 터뜨렸다. 할머니가 내 손을 감싸 쥐고 엉덩이를 토닥이며 달래주었다.

"아가 괜찮여. 병아리가 애기 예쁘다고 그런 거여. 괜찮여."

내 기억 속에 할머니의 얼굴은 없다. 마치 공기에서 따뜻한 손이 솟아나 나를 달래고 어루만진 것처럼 할머니는 등 뒤의 익숙한 촉감과 목소리로만 존재했다. 큰일이 아니구나. 괜찮구나. 세상은 여전히 좋은 곳이구나. 나는 금세 울음을 그치고 다시 병아리에 빠져들었다. 그것이 내가 기억하는 인생의 첫 기억이다. 할머니는 내 기억의 시초부터 오늘까지 늘 그런 식으로 존재했다. 그분은 내 눈앞에 얼굴을 들이밀거나 큰소리를 내지 않았다. 눈에 보이지 않는 목소리로 나를 둘러싸고, 괜찮다고, 예쁘다고, 다시 한번 괜찮다고 말했다.

내가 방을 따로 쓰겠다고 문을 잠가버렸던 사춘기의 그날, 할머니는 몹시 상심한 얼굴이었다. 누구보다 사랑했던 막내 손녀를 떠나보내야 하는 순간을 할머니는 비통하게 맞이했다. 섭섭하지만 원래 그런 법이라고, 오랫동안 혼자 마음을 달래셨을 것이다.

나는 매몰차게 할머니를 떠나고 무심결에 잊었다가 중년의 어느 날 고통과 슬픔으로 흐느끼면서 오래된 방문을 열었는데, 그곳에서 할머니가 가득 채워놓은 평화와 사랑을 발견했다.

6.

고요한 세계

나는 스무 살이 될 때까지 할머니와 함께 살았고 그 중 절반 정도 되는 기간을 룸메이트로 지냈지만 정작 할머니에 대한 구체적인 사실들을 알지는 못하고 지냈 다. 나에게 할머니는 소인이 찍힌 한 장의 우표 같은 느 낌이었다. 아주 작고, 평면적이고, 어느 날 삶의 쓰임새 를 다해 이제는 극도로 조용하게 우표책에 꽂혀 계신 분. 할머니는 할머니였을 뿐 그분의 어떤 점도 나의 호 기심을 자극하지 않았다.

내가 태어나기 이전 내가 목격하지 못한 그분의 생애 전반기에 대해 궁금하게 여겼던 적도 가끔 있기는 했다. 생각해보면 을사조약이 체결된 해에 태어난 그분의 생애는 우리나라의 격동기를 고스란히 관통했다. 이런저런 책을 읽다 보면 할머니가 직접 겪은 3.1운동이나 해방, 6.25전쟁 같은 굵직굵직한 역사적인 사건들은 어떤 것이었을지 궁금해지기도 했다.

"일정 때?"

할머니는 뚜룩한 표정으로 이렇게 대답하셨다.

"아이고, 순사들이 무서웠지. 사람들이 장에서 만세 운동 하고. 근데 촌이라 순사는 별로 안 왔어."

"육이오 땐 비행기가 쌕쌕 다니고. 아주 무서웠지. 근데 촌이라 공산군은 별로 안 왔어."

그게 전부였다. 손녀의 관심이 진지하고 집요해질 것 같으면 그분은 머쓱한 미소와 함께 덧붙였다.

"할머닌 촌에 살아서."

시골이라 순사도 공산군도 비켜갔다는 말이 믿어지지 않았지만 그 시대를 살았던 분의 엄연한 증언이니 무어라 반박할 수도 없었다. 무학의 할머니에게 역사와 정치는 좀 어렵다 치고, 개인적인 문제들은 좀 더 재미있는 이야기가 나올까 기대해보았지만 그분은 도대체 길게 말하는 법이 없었다.

"할머니도 시집살이했어?"

"했지."

"옛날엔 시집살이가 아주 독했어?"

"그럼, 아이고. 아주 독했지."

내가 한 말의 끝말을 받아서 반복하는 게 할머니가 보통 대답하는 방식이었다.

"할아버지는? 할아버지는 어땠어?"

"아이고. 그 양반."

"할아버지가 속 썩였어?"

"속 썩였지."

"그러면 할머닌, 할머닌 힘들었겠네? 많이? 고생을 아주 많이 했어?"

이쯤 캐물으면 할머니는 젊은 날 독했던 시집살이와 가족을 성실하게 돌보지 않았던 할아버지, 올망졸망

한 네 자녀를 혼자 힘으로 건사해야 했던 젊은 날의 막막함이 한꺼번에 떠올라 감정이 아주 격해졌다. 그분은 잠시 말문을 잇지 못하다가, 마음속에 휘몰아치는 폭풍을 모두 갈무리한 한마디를 내뱉었다.

"나처럼 억울한 인생이 또 있을까."

할머니는 그런 고생은 다시 떠올리기조차 고통스럽다는 듯이 고개를 절레절레 저으며 한숨을 쉬었다.

"내 속은 아무도 몰러."

그게 내가 할머니에게 들을 수 있었던 전부였다. 할머니는 스몰톡(smalltalk)을 즐기지 않는 사람이었다. 가난과 고생과 원망과 사랑과 극복의 대하드라마는 그분의 입에서 말이 되어 나오지 않았다. 그래서 나는 그분이 그토록 많은 고난과 고생을 겪었다는 것을 도무지 믿을 수가 없었다. 할머니는 아주 편안하게 산 사람 같았다.

동화책이나 어린이 TV 프로그램에서, 할머니의 기능은 추운 겨울밤에 손자 손녀에게 옛날이야기를 들려주

는 것으로 규정되어 있었다. 그때 나는 이야기에 목이
말랐다. 단것에, 재미있는 놀이에, 친구들에 목이 말랐
던 것처럼 재미있는 이야기에 한없이 목이 말랐다. 나
는 그림책이나 어린이 TV에 나오는 것처럼 끝없이 옛
날이야기를 들려주는 할머니를 꿈꾸었다. 하지만 내 곁
에 있는 할머니에게는 옛날이야기를 들려주는 기능이
탑재되어 있지 않았다.

"할머니, 옛날이야기 해줘."

"할머니는 옛날이야기 몰러."

"왜? 할머니는 옛날에 살았는데 왜 옛날이야기를 몰
라?"

"할머니는 말주변이 없어서."

할머니는 빙긋 웃으면서 그렇게 입을 다물곤 했다.
나는 재미있는 이야기를, 아니 재미없는 이야기라도,
무엇이든 제발 듣고 싶었다. 이야기에 기갈 들린 어린
나에게 말없는 할머니는 섭섭하다 못해 억울한 일이었
다. 나는 옛날이야기도 할 줄 모르는 할머니에게 눈을
흘기기도 하고 삐치기도 했다. 하지만 아무리 할머니를

들볶아도 소원하는 옛날이야기는 한 줄도, 단 한 줄도 흘러나오지 않았다. 나는 곧 할머니를 오래된 우표책에 꽂힌 한 장의 낡은 우표처럼 별 흥미 없는 존재로 여기게 되었다.

할머니에게 줄기차게 옛날이야기를 요구했던 손녀딸은 훗날 작가가 되었는데, 나에게 그 모든 좋은 것의 원형이 되어주신 할머니는 언어의 미니멀리스트였다. 나는 그 묘한 대조에 주목했다. 나는 언어를 발굴하고 풍성하게 활용해야 하는 내 직업에 종종 자괴감을 느꼈는데, 그것은 내 어린 시절을 가득 채웠던 고요의 기억 때문이었다. 하루 종일 TV를 방영하지 않던 시절이라 우리 집은 대체로 조용했다. 개 짖는 소리, 제비가 지저귀는 소리, 이웃들이 떠드는 소리, 라디오 소리, 그런 소리들은 언어라기보다는 백색 소음으로 귓가를 스쳤고 나는 대체로 침묵 속에 자랐다. 어른이 된 뒤 이런저런 일들에 부대끼면서 나의 내면에 숨겨둔 평화의 캡슐 속으로 피신해야 할 때, 나는 그곳에 사람의 말소리가 들리는 상태를 상상할 수 없었다. 나에게 평화는 고요함과 거의 동의어였다. 그 캡슐을 설명하자면 그곳은 노르스름한 햇볕이 비쳐드는 콩댐 장판, 얼굴이 보이지 않지만 어딘가 할머니의 숨결이 함께하고 있음을 느끼는 어린 날의 작은 방일 것이다. 그곳에 인간의 언어는 없다.

직업이 작가임에도 불구하고, 나는 풍부한 언어를 옹호하는 쪽으로 쉽게 기울 수 없었다. 그것이 큰 갈등이었다. 오히려, 시간이 지날수록 할머니가 실천하신 미니멀리즘의 간결한 아름다움과 강력함을 깨달았다. 행복에 인간의 언어는 그리 중요하지 않았다. 할머니의 간결하고 정확한 언어를 떠올릴수록 나의 풍성하고 다양한 언어는 촌스럽고 불완전하게, 심지어 성가시고 불편하게까지 느껴졌다. (신생아 발차기대회는 그 촌스러움의 끝판왕이라고 할 수 있을 것이다.)

결심하고 한 일은 아니었지만 천천히, 나는 꿀짱아를 기르는 과정에 언어의 역할을 줄여가기 시작했다.

7.
상처 없이 혼나기

나이 서른이 넘어서 꿀짱아의 엄마로 살기 시작한 다음에, 오랫동안 잊고 지냈던 할머니가 불쑥불쑥 떠올랐다. 어린 꿀짱아가 손도 댈 수 없을 만큼 생떼를 쓰고 있을 때, 젊은 엄마의 인내심이 간당간당하게 끝나갈 때, 참지 못하고 꿀짱아의 기저귀 찬 엉덩이를 한 대 때리거나 꽥 소리를 내지르게 될 때, 할머니가 떠올랐다.

꿀짱아의 격하고 예민한 기질은 나를 빼닮은 것이 분명했다. 꿀짱아가 지금 부리고 있는 행패는 어릴 때 내가 할머니께 부렸던 것보다 더 심하지 않았을 것이다. 내가 뒤집어진 풍뎅이처럼 방바닥을 파닥거리면서 울고불고 난리를 칠 때면 할머니는 난처한 얼굴로 중얼거렸다.

"원, 애두 참 별나."

날뜀과 생떼가 더 오래 지속되면 이놈, 하는 소리를 듣기도 했다. 할머니께 엉덩이나 등짝을 맞아본 기억은 없다. 분명히 단 한 번도 없었다. 할머니는 울다 못해 깔딱깔딱 넘어가는 나를 무릎에 앉히고 꼭 안아주곤 했다. 할머니가 안아주는 품속마저 뿌리치고 더 지독하게 성깔을 부릴 때면 하는 수 없이 이놈 소리를 하며 야단치는 것 같은 엄한 얼굴을 했는데, 그 아래 숨은 은은한 미소를 쉽사리 알아보고 나는 기고만장해서 더욱 날뛰었다. 그분의 이놈 소리는 다른 선택의 여지가 없는 관용어 같은 것이었을 뿐 책망의 파괴력이라고는 찾을래야 찾을 수도 없었다.

"예쁜 사람, 왜 그러나."

그것이 생떼의 최종 단계에서 할머니가 꺼내는 마지

막 한탄이었다. 그다음엔 어떻게 되었는지 잘 기억나지 않는다. 아마도 생떼를 부리느라 진땀이 쏙 빠지도록 지쳐서 잠들었을 것이다. 그러니까 나는 잠투정을 거창하게도 했던 셈이다. 한잠 자고 나면 기분이 맑아지기도 하고, 여전히 뿌루퉁하기도 했지만, 어쨌거나 기절하듯 한잠 자고 일어나는 것으로 끝이 났다.

뒤집어진 풍뎅이처럼 날뛰고 있는 꿀짱아에게 내가 들었던 말을 해주고 싶었지만 솔직히 말이 나오지 않았다. 내 체력이 감당할 수 있는 모든 패악을 다 부린 끝에 들은 말이 '예쁜 사람'이었다는 것의 의미를 새롭게 깨닫고 나는 놀랐다. 어린 시절 부렸던 생떼에 대해서 지금껏 나는 아무런 죄책감도, 심지어 가벼운 머쓱함조차 느끼지 않았다. 어쨌거나 최종적으로 나는 예쁜 사람이었기 때문이다.

꿀짱아를 돌보는 것이 힘에 부칠 때 나는 때때로 쭈그러져 혼자 울기도 했는데, 꿀짱아에게 할머니처럼 하염없는 사랑을 베풀어주지 못하는 내 부족함에 자괴감을 느껴서라기보다는, 이제는 나에게 예쁜 사람이라고 말해주는 사람이 없는 것이 서러워서였다. 어릴 때는 패악을 부려도 할머니가 예쁜 사람이라고 했는데 어른이 되고 나니 내 마음과 팔다리와 등뼈 허리뼈가 온통 지치고 너덜너덜해져도 뭐 하나 공짜로 얻어지는 게 없었다.

할머니가 이런 나를 보신다면 뭐라고 했을까 생각하기도 했는데, 할머니는 극도로 말수가 적었던 대신 모든 것이 분명했던 분이라서 나에게 뭐라고 하실지도 금방 떠올랐다.

"장한 사람이여."

할머니는 나에게 그러셨을 것이다. 내가 무언가 잘하고 애쓴 일이 있으면 할머니는 그렇게 말했다. 그 말조차 안 하고 그저 환하게 웃으며 등을 투덕투덕 쓸어주었을 것 같긴 하지만, 무언가 말을 하셨으면 그 말이었을 것이다. 고모나 아버지를 칭찬할 때도 할머니는 그렇게 말했다. 장혀. 장한 사람이여.

그러고 보니 할머니는 어린아이가 자라는 온갖 비뚤

빼뚤한 모습을 모두 '예쁘다'고 요약했고 분투하는 모습은 '장하다'고 했다. 어른이건 아이건 하는 행동이 마음에 들지 않을 때는 입술을 삐죽이며 '별나다'고 했다. 더 나쁘면 '고약하다'였다. 할머니가 사용했던 어휘들이 수적으로 적은 반면 매우 정확하고 강력한 일관성이 있었다는 사실을 뒤늦게 깨달았다.

할머니가 나를 야단칠 때 쓴 말도 싱거웠다.

"착한 사람이 왜 그러나."

더 어릴 때 진이 빠지도록 잠투정을 한 끝에 들은 말이 "예쁜 사람 왜 그러나"였던 것처럼 사춘기에 이르러 온갖 심술을 다 부리고 듣는 말도 겨우 그거였다. 이래야 한다 저래야 한다는 부연 설명 없이, 할머니는 엄한 눈으로 나를 한번 쳐다보고 착한 사람이 왜 그러냐고 묻고 끝이었다. 야단이라고 할 수도 없을 정도였다. 할머니가 내 행동에 대해 부정적으로 생각하고 있다는 최소한의 표시, 그뿐이었다.

아이를 키워보니 야단칠 일이 헤아릴 수도 없이 많

았다. 한평생 야단만 치면서 살 수도 있을 것 같았다. 게다가 나는 상당히 단호한 엄마였다. 단호한 엄마이고 싶었다. 아이에게 휘둘리고 쩔쩔매는 부모가 되어서는 안 된다는 강력한 결심이 서 있었다. 남들에게 피해를 끼치지 않는 아이로 키우기 위해서는 부모의 권위가 중요하다고 생각했고, 한마디를 하더라도 무게와 권위를 담아 아이를 올바르게 자라게 해야 한다고 믿었다.

꿀짱아가 유아기에서 청년기에 이르기까지 성장하는 상당히 긴 시간 동안, 나는 '야단침'의 효용과 쓸모에 대해 늘 고민하고 회의했다. 아이를 야단치지 않았다는 뜻은 절대로 아니다. 나는 누구에게도 지지 않을 만큼 핏대를 올리며 무수히 많이 야단을 쳤지만 그것이 본질적으로 무용하다는 깨달음은 일찍부터 희미하게 찾아왔다. 격하게 야단쳐봤자 아이의 울음만 격해질 뿐이었다. 내 성질과 좌절감에 못 이겨 폭발하고 있을 뿐, 이 행위는 아이를 올바르게 가르치는 것과는 아무 상관이 없었다.

야단치는 것, 혼내는 것. 사람을 가르치고 기르는 과

정에 숨 쉬기처럼 필수적으로 함께하지만 그 행위의 본질에 대한 이해나 현실적인 효용성에 대한 점검은 거의 이루어지지 않는다. 나는 할머니처럼 겨우 그렇게 미약한 표시만으로 꿀짱아를 야단치는 경지에 이르지 못했다. 실은 그 근처에도 가지 못했다. 하지만 내가 이르러야 할 최종 단계가 그 어디쯤에 있다는 건 어렴풋이 알았다.

야단맞는 경험에 대해 생각할 때 언제나 떠오르는 한 사람이 있다. 내가 대학원에 다니던 시절의 한 선배다. 내가 다니던 대학원 실험실은 이십 대 중후반에서 삼십 대 초반에 이르는 약 스무 명가량의 젊은이들이 아침부터 늦은 밤까지 거의 모든 시간을 함께하던 친밀한 공동체였다. 진지하고 학구적인 논의가 이루어지는 한편으로 거의 하루 종일 젊은이들이 시시덕거리고 툭탁거리는 유쾌한 농담이 함께 오갔다.

그 실험실의 막내 구성원이던 나는, 어느 날 실험 기구를 잘못 다루는 큰 실수를 했다. 실험실에는 내 가슴

만큼 올라오는 대형 오토클레이브가 있었다. 고온 고압으로 실험 도구를 멸균하는 대형 전기 압력솥 같은 기구였다. 사용이 끝나면 전원 버튼을 꼭 꺼야 한다고 선배들이 귀가 닳도록 주의를 주었으나 어느 날 나는 전원 버튼을 끄지 않고 내버려두었고 텅 빈 채 혼자 가열된 오토클레이브는 용광로처럼 달아올라 화재 일보 직전에 이른 상태로 발견되었다.

발뺌할 수 없는 실수의 현장에, 나는 놀라고 부끄러운 상태로 불려와 서게 되었다. 다행히 과열된 오토클레이브를 발견한 사람은 실험실에서도 가장 너그러운 선배였다. 나는 그가 언성을 높이거나 격한 말을 하는 것을 한 번도 본 적이 없었다. 그는 언제나 사람 좋은 얼굴로 실없는 농담을 하고 술자리에서 보여줄 멋진 퍼포먼스를 연구하는 사람이었으므로 실험실에 불을 낼 뻔한 이번 일도 좋게 넘어가줄지도 모른다는 마지막 한 가닥 희망을 가졌다.

선배는 이전까지 내가 본 적 없는 진지한 얼굴로 다시 한번 주의를 주었다.

"오토클레이브의 전원을 꼭 꺼야 한다는 소리는 이미 많이 들었을 거야. 선배들이 여러 번 주의를 줬지? 그런데 설마 하고 귀담아듣지 않았겠지. 하지만 이런 일이 실제로 일어나잖아. 정말로 위험하다고. 이 건물에 얼마나 많은 사람들과 실험 기구가 있는지 생각해 봐. 모두의 목숨이 오갈 만큼 중요한 일인 거야."

선배의 표정은 진지했지만 목소리와 말투는 평소와 조금도 다름없이 부드러웠다. 역시 내가 생각했던 대로 너그러운 사람이었다. 나는 운이 좋았다. 큰 실수를 저질렀는데도 소리 지르며 야단맞는 횡액을 면한 것이다!

"오늘 큰일 날 뻔했어. 이렇게 부주의한 행동은 야단맞아야 해. 그리고 윤경아, 너 지금 나한테 야단맞은 거야, 알았지?"

선배의 부드러운 목소리는 끝까지 흐트러지지 않았다. 조금도 언성이 높아지거나 표정이 격해지지 않은 짧은 훈계를 마치고 선배는 뜨거운 오토클레이브 앞을 떠났다. 이 일은 나에게 오랫동안 잊혀지지 않는 깊은 인상을 남겼다. 내가 야단맞고 있다는 것조차 인식하지 못할 만큼 시종일관 부드러웠으나, 내 평생 잊을 수 없는 가장 강렬한 야단맞음의 기억이었다.

돌이켜보면 선배는 당시 기껏해야 삼십 대 초반에 불과했을 것이다. 술자리에서 보여줄 멋진 퍼포먼스를 연구하던 청년은 후배를 가르치고 야단치는 것에서 가장 아름답고 우아한 퍼포먼스를 보여주었다. 그것은 이미 대가의 솜씨였다. "너 지금 나한테 야단맞은 거야, 알았지?" 특히 이 부분이 놀라웠는데, 평소 너그러웠던 선배와 뺀질거렸던 후배 사이에 오갈 법한 임팩트 없는 잔소리가 되지 않도록 꾸욱 눌러 짚어주는, 그러나 끝까지 따뜻함을 잃지 않은 마무리였다. 대학원을 졸업한 후 그 선배를 다시 만나지 못했지만 그가 어디에서 무엇을 하건 가장 훌륭한 부모이자 교육자가 되었을 것임을 확신한다.

살면서 그 이전이나 이후에도 나는 무수히 많은 잘못을 저질렀고 그만큼 많은 야단을 맞았다. 하지만 내가 가장 깊이 뉘우친 순간들은 분명 고함치고 화내고 모욕하거나 박탈하고 처벌하는 방식은 아니었다. 나를 효과적으로 야단쳤던 사람들은 아주 조용하게 마음의 평정을 유지했으며, 짧게 훈계하는 가운데 나의 감정선을 긍정적으로 노크했다. 나는 마음의 문을 활짝 열고 그들이 전하는 메시지를 순순히 받아들였는데, 자존심이 강한 나에게 그런 일은 사실 쉽게 일어나는 것은 아니었다.

긴 시간이 흐른 뒤, 아이를 키우는 부모의 입장이 되고 나서도 한참 시간이 흐른 뒤에야 나는 대학원의 그 선배와 할머니 사이에 커다란 공통점이 있음을 깨달았다. 타인에 의해 내가 잘못한 부분이나 고쳐야 할 지점들을 마주할 때 내 마음의 문을 열게 만드는 것은 예술에 가까운 섬세한 솜씨가 필요한 일이었다. 그런데 내 선배나 할머니 같은 사람들이 아무렇지도 않게 그 일을 해낼 때면 전혀 애쓰거나 공들인 기색을 찾을 수 없었다. 그저 숨 쉬듯 자연스러웠다.

8.

할머니께 가는 길

할머니는 아침마다 흰머리를 참빗으로 빗으며 "머리숱이 다 없어졌다"라고 한탄하고, 아끼던 금비녀로 쪽을 찐 뒤 TV 앞과 동네 약수터를 말없이 오가는 일로 하루의 거의 대부분을 소일했는데, 나는 그 모습이 그분의 전 생애인 것처럼 여겼다. 어린 시절 내가 본 할머니의 모습은 그분 인생의 종막에 해당하는 마지막 장면에 불과했고, 그 앞에는 그분이 "말로 다 못 한다"라는 표현으로 얼버무렸던 어린 시절과 젊은 날의 모습이 있었다. 당연한 일인데 나는 그것을 거의 인식하지 못하고 지냈다.

할머니에 대해 작은 책을 쓰기로 결심하고, 오랜만에 성묫길에 따라나섰다. 용인의 가족묘원은 어린 시절부터 명절마다 늘 오던 곳이었으나 결혼한 뒤로는 발걸음이 뜸했다. 내 부모님과 고모들, 그리고 사촌언니 한 사람까지 총 7인이 함께한 작은 소풍 같은 나들이였다. 산소로 향하는 야트막한 오솔길을 천천히 오르며 나는 속으로 일행들의 나이를 계산해보았다. 큰고모 94세, 둘째고모 91세, 아버지 87세, 막내고모 82세. 할머니의 직계 자손 네 사람의 나이를 합하니 354세였다. 79세 엄마까지 합하면 433세. 사촌언니와 내 나이까지 더하니까 548이라는 숫자가 나왔다. 이만하면 심벤저스라고 부를 만한데. 나는 속으로 감탄했다.

완만하다고는 해도 수풀이 우거진 오솔길인데 94세 큰고모가 가벼운 지팡이를 짚었을 뿐 둘째고모부터는 씩씩하게 제 발로 걸었다. 엄마가 준비한 꽃다발을 보며 할머니를 추억하는 가벼운 정담이 오갔다.

"꽃 좀 봐라, 예쁘다. 어머니가 좋아하셨겠다."

"맞아 맞아. 어머니는 꽃을 좋아하셨어."

"알록달록 색깔이 화려한 꽃을 좋아하셨어. 하얀 꽃
은 싫어하셨지."

"맞아 맞아. 하얀 꽃은 싫어하셨지."

"빛딱지하고는, 그러셨지."

"맞아 맞아, 빛딱지하고는, 하셨지."

할머니 특유의 투덜거리는 말투를 흉내 내며 사남매
는 즐거워했다.

"꽃 말고는 아무것도 안 챙겼네. 북어라도 가져올 걸
그랬나."

"과일이라도 놓을까? 그냥 먹으려고 가져온 건데."

"괜찮아, 어머니는 무신론자였어. 제사는 사람이 먹
자고 지내는 거라고 하셨어."

"맞아 맞아, 어머니는 무신론자셨어."

"교회에 가시자, 하느님이 복을 주신다고 하면 '어림
이란다' 하셨어."

"맞아 맞아, 어멈이란다, 하셨어."

짧은 언덕길을 오르며 사남매는 즐겁게 할머니를 추억했다. 나도 즐겁게 회상에 빠져들었다. 자그마하고 평범한 할머니였지만 특유의 단호함이 있었는데, 그중 상당히 유별나게 강경했던 것이 무신론이었다. 할머니는 종갓집 종부로서 한평생 제사를 모셨지만 그 행사는 '사람 먹자고 하는 것'이라는 지론이 단 한 번도 흔들리지 않았고 그토록 사랑하는 자식들이 모두 기독교와 천주교로 개종해서 할머니께 신앙생활을 권했을 때에도 모두 단호하게 거절하셨다. 고모들이 추억하는 '어멈이란다'는 요샛말로 '좋아하시네' 또는 '웃기시네'에 해당하는 퉁명스러운 충청도식 거절이었다. (나도 자라면서 많이 들었다.)

내가 알기로 할머니는 충청북도 사람이었다. 나무를 낭구라고 부르던 그분의 느릿하고 투박한 충북 사투리 때문에 그렇게 생각했던 것 같다. 아버지가 결혼하면서 서울로 오시기 전까지 청주 근교의 증평읍 내수리에서 태어나 한평생을 지내신 것으로 생각했다. 그러므로 이날 할머니가 충남 당진에서 태어났고 경기도 용인에서 삼십 대까지 보내셨다는 이야기를 듣고 깜짝 놀랐다. 할머니가 용인을 떠나 증평으로 향한 것은 삼십 대이후, 네 자녀를 모두 낳은 다음이었다. 그러니 내가 기억하는 할머니의 사투리는 경기 남부의 말투였다. 할머니와 나는 한평생 속속들이 서로에게 스며들어 돌아가신 지 30년이 흐른 지금까지도 절반쯤은 한 몸인 것처럼 느끼며 살았는데, 나는 할머니에 대해 매우 기본적인 사실들조차 전혀 모르고 있었다.

할머니는 1905년, 을사조약이 맺어지던 해에 충남 당진에서 태어나셨다. 나라의 형편이 흉흉했던 것만큼이나 갓 태어난 그분의 신변도 위태로웠다. 마을에 역병이 돌아 부친은 그분이 태어나기도 전에 돌아가셨고 혼자 되신 모친도 '돌띠 만들다' 돌아가셨다고 했으니 그분은 결국 돌이 되기도 전에 양친을 다 잃은 셈이었다.

부모형제 없이 홀로 남은 아기는 일가친척 집을 전전하며 자라다가 너댓 살 무렵 경기도 용인의 외가로 보내져 그곳에서 자랐다. 당진에서 용인은 먼 길이었다. 아침에 배를 타고 뱃멀미로 깔딱 숨이 넘어갈 무렵 뭍에 내려주더라는 것이 희미하게 남은 그분의 기억이었다.

오늘날 용인시 양지면 평창리, 그 당시엔 '번말'이라고 불렸던 외가 동네에서 사촌들과 어울려 자라며 나의 할머니는 비로소 안정된 어린 시절을 보내게 되었다.

"외할아버지가 나를 예뻐하셔서 한 손으로 달랑 안고 다니셨지. 내가 몸집이 작아서 다 커서도 안고 다니셨지. 마당에 과일나무가 많았는데 그걸 따서 주셨지. 복숭아랑 감이랑 먹고."

할머니의 어린 시절에 대해 물으면 할머니는 희미한 미소를 지으며 이렇게 대답했다. 어린 내 머릿속에는 어린 '할머니'가 '외고조할아버지'의 손에 '달랑 안겨' 다니는 모습이 도무지 상상되지 않았다. 외할아버지가 돌아가신 후로는 외삼촌과 외숙모 부부가 그분을 맡았는데 그분들도 조카를 예뻐했으며 사촌들과도 우르르 몰려다니며 친형제처럼 잘 지냈다고 한다. 어린 시절 함께 자랐던 사촌들과는 노년까지도 서로를 종종 방문하며 화목하게 지냈다. 부모를 잃기는 했으나 서럽고 구박받지는 않았던 어린 시절이었다. 나는 종종, 부모형제 없이 어렵게 자랐던 할머니가 어떻게 그렇게 원만하고 사랑이 많은 인성을 가질 수 있었을까 궁금하게 여기곤 했는데 내 할머니의 풍성했던 사랑은 번말의 따뜻했던 외가 '서씨 일가'에서 샘솟아 나에게까지 이어진 것이었다.

양반이라는 허울만 좋았지 가세가 이미 왕창 기운 이웃마을 심씨 집안의 종부로 시집온 이후로 할머니의 고생은 본격 시작되었다. 그분의 시어머니였던 내 증조할머니로부터 시집살이가 말로 다 못했다고 하는데, 증조할머니를 떠올리면 고개부터 절레절레 내젓는 고모들과 아버지의 얼굴을 보면 그분이 어떤 분이었는지 짐작하기 어렵지 않았다. 증조할머니를 떠올릴 때 어이없고 허탈해하는 그 표정들은 할머니를 떠올릴 때 그 편안하고 행복한 얼굴과 무척 선명한 대조를 이루었다.

"할머니는 식탐이 많으셨지. 할머니 때문에 어머니

고생이 많으셨어."

"식탐이 많기를, 그 시절에 고기반찬이 아니면 상을 물리고 역정을 내셨어."

"장날이면 장터에서 고깃국 끓이는 가마솥 앞에 쪼그리고 앉아 계셨지. 고기 냄새 맡는다고."

"아이고, 할머니 보기 창피해서 나는 장터에 가지를 않았어. 멀리 빙 돌아서 다녔어."

이미 80년 가까이 흐른 옛날 일인데도 고모와 아버지의 목소리에서는 창피함이 강렬하게 묻어났다. 나의 증조할머니는 장날 고기 냄새를 맡겠다고 고깃국 가마솥 앞에 쪼그리고 앉아 있는 분이었다. 나도 나이 들어 고기 냄새를 따라가 쪼그리고 앉지 말라는 법이 없다. 심씨 집안의 유난한 고기 사랑은 성격이 유별나셨던 증조할머니에게서 유래한 것으로 밝혀졌다.

"할머니는 젊어서부터 집안일에는 손끝 하나 까닥도 안 하셨지."

"장죽 하나 물고 애햄 하시고는, 고기 타령만 하셨지."

"하도 심술을 부리니까 어머니가 꾀를 내서 할머니를 성당에 보내셨지."

"맞아 맞아, 할머니가 성당에 다니신 뒤로는 어머니가 한숨 돌리셨지."

"성당에 날마다 나가서 할머니가 친구도 사귀고, 신부님과 수녀님에게 잘 보이고 싶어서 기분 좋게 잘 지내셨지."

"그래서 어머니가 성당에 참 잘하셨지. 고마워서 시시때때로 떡도 해서 보내고 국수도 해서 보내셨지."

나의 무신론자 할머니는 집 안에서 꼼짝 않고 심술만 부리는 별난 시어머니에게 시달리다가 그분을 성당에 인도하고 크게 한숨을 돌렸다고 한다. 고마워서 성당에 떡도 보내고 국수도 보내며 정성을 다했지만 천주교 신앙을 받아들일 생각은 눈곱만치도 해본 적이 없었다. 그분다운 현실주의적인 처세였을 뿐이다.

할머니가 한평생 제사를 모신 종부였고 내가 성인이 될 때까지 우리 집에서 제사를 지냈으므로 할머니의 단호한 무신론은 다소 어색한 장면을 만들어내기도 했다. 풍성하게 제사상을 모시고 지방을 써서 제사를 올리면서도 할머니는 시종일관 "다 사람 먹자고 하는 일"이라고 했다.

"제사상에 생쌀을 올려두면 새 발자국이 남는단다. 조상님이 새가 돼서 제삿밥을 잡숫고 가신 자국이래."

그것이 아마도 할머니가 해준 말들 중에 가장 나를 흥분하게 했던 '옛날이야기' 같은 것이었을 텐데, 내가 눈을 반짝이자 할머니는 얼른 덧붙였다.

"그런 거 다 거짓말이여."

그때 어린 마음에도 어이없었던 기억이 지금도 난다.

할머니 생전에, 사람이 죽으면 어떻게 되냐고 물은 적이 여러 번 있었다. 그때마다 할머니는 다소 실쭉한 표정으로 "죽으면 끝이여"라고 답했다. 천국은? 지옥은? 착한 사람은? 나쁜 사람은? 아무리 캐물어도 똑같았다. 사람은 죽으면 끝이었다. 천국에서 사랑하는 사람을 다시 만나고 나쁜 사람은 지옥에서 벌을 받는 그런 일은 그분의 세계에서 일어나지 않았다.

"그러면 착하게 살든지 나쁘게 살든지 죽으면 다 똑같은 거야?"

믿을 수 없어서 그렇게까지 물었는데도, 할머니의 대답은 끝내 똑같았다.

"죽으면 끝이여."

"그러면 뭐 하러 착하게 살아?"

착하게 살려고 노력한 사람이나 남들에게 피해 주며 나쁜 짓하며 살아간 자나 죽으면 그 끝이 똑같다는 것은 무척 부당하게 들렸다. 할머니의 실쭉한 얼굴도 실은 그런 억울함을 약간 내비치는 것 같았다. 그분 또한 착하게 살기 위해 한평생 노력한 사람에 속했으므로, 아무런 보상이나 처벌 없이 끝나버리는 사후 세계는 할머니 같은 사람에게 가장 심각한 손해였다. 할머니는 뭐 하러 착하게 살아야 하냐는 내 질문에 답하지 않았다. 원래 말이 없는 분이었다.

"그러면 다시 태어나는 건? 동물이나 꽃으로 태어나는 건? 아니면 다시 사람이 되어서 태어나는 건?"

"그런 건 없어. 한 번뿐이여."

할머니는 사후에 대한 어떤 질문에도 단호했다. 다시 태어나 살아간다는 생각 자체가 기막히다는 듯이 가볍게 몸서리를 칠 때도 있었다.

"또 살기는."

어멈이란다, 같은 말이 붙을 때도 있었을 것이다.

신비나 영속성, 재생과 보상 같은 것이 일점 없는 할머니의 단절적 사후관은 어린 나에게 실망스러웠다. 그러면 뭐 하러 착하게 산다는 말인가, 하고 투덜거리기도 했다. 이후 내가 종교적인 믿음을 가진 시간도 상당한 기간이 되었다. 하지만 길고 느린 과정을 거쳐 나는 서서히 신에 대한 믿음을 버렸다. 세상이 이토록 아름다운 것도 부조리한 것도, 신의 의지와 섭리는 아니라는 쪽으로 서서히 마음이 기울었다. 그냥 상상할 수 없이 기나긴 시간의 작용으로 이렇게 믿기 어렵도록 아름답고 복잡한 세상이 만들어졌고, 그중 약 100년 정도의 시간 동안 나라는 존재에게 숨결이 함께 머무는 것이다. 그것이 전부다.

무신론자의 세계는 공허하지도 냉성하시도 않다. 인생의 앞과 뒤에 그 어떤 다른 세계가 존재하지 않는다 해도, 겨우 100년 어름의 시간도 충분히 의미 있고 아름답고 사랑할 만하다. 생의 과정과 결과에 신의 포상이나 처벌이 따르지 않으나, 그럼에도 불구하고 나를 포함한 많은 사람들이 선하게 살아가려 애쓴다. 포상이 따르지 않는 노력이야말로 이 세상에서 가장 고결한 것이 아닌가? 할머니 같은 사람들의 그 목적 없는 의지야말로 세상에서 가장 아름다운 것이라고, 나는 자랑스러운 마음을 가진다.

죽은 다음에 할머니를 다시 만날 수 없다는 것이, 할머니가 물려준 그 아름다운 세계관에서 유일하게 슬퍼지는 부분이다.

9.

다섯 가지 사랑의 말

할머니라는 사람을 한마디로 표현하라고 하면 '말없는 사람'이라고 하겠다. 사랑이 많은 분, 따뜻한 분, 담백한 분, 정직한 분, 여러 가지 표현들이 있겠지만 그중에 나에게 가장 강한 인상을 남긴 부분은 할머니의 말없음이었다.

나를 포함해 내 주변 사람들은 대체로 말이 많은 편이다. 같은 이야기도 길게 길게 늘려 말하기를 좋아하고 정 할 말이 없으면 반복이라도 해서 늘린다. 늘려야 한다! 그래야 말하는 즐거움이 길어지기 때문이다. 작은 표현의 차이 하나로 분위기가 천지 차이 달라지는 것에 나는 언제나 매료되었다. 어린 시절에 나는 말하는 재미에 거의 미치다시피 한 아이였다. 재미없는 이야기라도 재미있게 만들고 싶어서 이것저것 부풀리고 지어내기도 했다. 그 결과 나는 소설가라는 직업을 가지게 되었다. 나에게 말하기는 너무나 큰 즐거움이고 재미였다.

그런 나와 할머니는 극과 극이었다. 옛날이야기 좀 해달라고 달달 볶는 손녀에게 할머니는 "몰러"라고 대답하고 입을 꾹 다물었다. 무언가 할머니가 긴 말을 하는 것을 들어본 적이 없었다. 할머니가 생전에 말한 언어를 모두 적어 옮기라 해도 기껏해야 A4 용지 몇 장을 넘기지 않는 분량일 것이다. 할머니는 정말이지 말이 없었다. 청소년이 된 후 나는 할머니를 꽤 답답하게 여겼다.

인왕산 산마을에서 자랐던 내 어린 시절의 경험이 많이 녹아 있는 첫 소설 《나의 아름다운 정원》으로 독자들을 만나게 되면서, 나는 소설 속 악역인 '동구 할머니'와 내 실제 할머니 사이에 큰 차이가 있음을 해명해야 하는 처지가 되었다. 나의 할머니는 이기적이고 주변 사람들을 괴롭히는 동구 할머니가 아니었다. 동구 할머니가 소설적 캐릭터에 불과할 뿐 실제 내 할머니와 전혀 다른 인물임을 설명할 때 가장 군더더기 없이 전달력이 좋았던 것은 내 할머니가 말없는 사람이었다는 점이었다. 내 할머니가 극도로 말수가 적은 사람이었음을 독자들에게 설명하면서, 나는 할머니의 말없음을 도왔던 느리고 투박한 사투리에 대한 기억들을 많이 소환해냈다.

할머니가 평생 한 말들의 80퍼센트는 단 열두 글자로 요약할 수 있다. '그려, 안 뒤야, 뒤얐어, 몰러, 워쩌'다. 표준어로 하자면 '그래, 안 돼, 됐어, 몰라, 어떡해'일 것이다. 나의 청중들은 청국장 냄새가 풀풀 풍길 것 같은 할머니의 사투리를 언제나 사랑했다.

청중들을 즐겁게 해줄 작은 에피소드들로 생각해낸

할머니의 다섯 난어를 다시 돌아보게 된 것은 꿀짱아가 사춘기의 서막을 열어젖힐 무렵이었다. 갑자기 딸과의 일상 소통이 꽉 막혀버렸다. 좋은 뜻이건 나쁜 뜻이건 내가 입을 열기만 하면 어두운 결말을 불러왔다. 내가 일평생 갈고닦은 정교하고 풍성한 언어의 기술이 이토록 무용지물이 되고 마는 상황에 나는 당황했고 아무런 대책이 없었다. 무용지물을 넘어서 무언가 크게 부작용들을 불러일으키고 있었다. 남편도 마찬가지였다. 친절하게, 유쾌하게, 유머러스하게, 진지하게, 가볍게, 비굴하게, 말하는 방법을 어떻게 바꾸어보아도 끝은 좋지 않았다. 우리는 그저 망연자실할 뿐이었다.

그렇게 벽에 부딪힌 어느 날 강연을 하다가, 나는 내 입에서 흘러나오는 할머니의 목소리에 귀를 기울이게 되었다. 그려. 안 돼야. 뒤얐어. 몰러. 워쩌. 정답고 단순한 그 말들에 갑자기 가슴이 찡했다. 그리고 그저 평범한 일상 언어에 불과하던 할머니의 다섯 단어에 무언가 깊고 지혜로운 의미들이 숨어 있었다는 깨달음이 찾아왔다.

그래와 안 돼는 예스와 노에 해당한다. 할머니는 예스와 노가 분명한 분이었다. 되는 것은 된다고 하고 안 되는 것은 안 된다고 했다. 된다고 해놓고 상황과 분위기에 따라 나중에 야단을 친다든지 말을 바꾸는 일은 없었다.

예스와 노가 분명하지 않다는 것이 어떤 것인지에 대해 보충 설명이 필요할 수 있겠다. 일상생활에서 겪을 수 있을 만한 한 장면을 구성해보기로 한다.

"시험 끝나는 날 친구들이랑 놀러 갈래."

"그래."

시험 끝나고 놀고 온 아이는 부모의 화난 얼굴을 마주한다.

"시험 끝나면 친구들이랑 놀러 간다고 했잖아."

"말만 하면 다야? 가란다고 진짜로 날름 가? 넌 그 정도로 생각이 없어?"

이것이 예스와 노가 분명치 않은 것의 한 예이다. 부모와 자식의 관계가 아니라도, 친구 사이나 직장 상사

와의 관계에서도 흔히 일어나는 일들이다. 분명 상대방의 의견을 구했는데, 상대방은 예스라고 해놓고서 나중에 말을 바꾼다. 그는 예스라고 했지만 나는 노에 맞추어 행동해야 하는 수만 가지 상황과 정황들이 있다. 시험을 못 봤으면, 친구와 약속한 것보다 더 중요한 일이 있으면, 집안에 힘든 일이 있으면, 그때와 지금은 형편이 달라졌으면 나는 내가 예스라는 대답을 들었어도 눈치껏 내가 얻어낸 동의를 포기해야 한다고 야단을 맞는다. 그렇게 사리에 맞추어 행동하지 않고 분명히 챙겨들었던 예스만을 기억하는 나는 분별없고 이기적인 사람이라고 비난받는다. 이것이 예스와 노가 분명치 않은 것이다.

예스와 노가 분명치 않은 것이 일상 속에서 불러일으키는 혼돈과 불쾌함은 이루 말할 수 없이 많고 흔하다.

"이번 생신엔 어디 멋진 곳에서 근사한 외식을 하기로 해요."

"아니다. 나가서 먹어봤자 돈만 쓰고 맛도 없잖니. 그냥 집에서 간단하게 먹고 넘어가자."

정말로 간단하게 과일 정도를 챙겨 갔다가 얼어붙은 분위기와 한숨과 굳은 얼굴과 쾅쾅거리며 험하게 내려놓이는 그릇에 흠칫흠칫 눈치를 보며 모래알 씹듯이 음식을 넘기는 썰렁한 식탁을 많은 사람들이 쉽게 떠올릴 수 있을 것이다.

예스와 노가 분명치 않은 환경에서 아이는 모든 것에 확신을 가지지 못하고 눈치를 보게 된다. 믿을 만한 기준이 없이 오로지 상대방의 기분이 옳고 그름의 기준이 된다. 자신감과 자기만의 생각이 자라날 수 없다. 예스와 노가 분명치 않은 환경에서 잘 자란 아이는 알아서 눈치 보는 아이다.

나는 할머니가 된다고 한 것, 안 된다고 한 것이 이후의 결과나 할머니의 기분에 따라 변하는 것을 한 번도 경험하지 않았다. 예전엔 안 됐던 것이 이번에는 되는 일도 없었다. 할머니에게 되는 것은 한결같이 되고 안 되는 것은 늘 안 되었다. 심지어 돌아가신 지 30년이 흐른 지금도 할머니에게 무언가를 묻는다면 그분이 된다고 할지 안 된다고 할지 헷갈림 없이 맞힐 수 있을 것 같다.

그려와 안 뒤야의 비율은 그려 쪽이 압도적으로 많았다. 할머니는 기본적으로 그려,라는 대답을 항상 준비해놓고 있다가 정말 안 될 일에만 안 뒤야,라고 하는 것 같았다. 그러므로 그분이 안 뒤야라고 말할 때는 대부분 얼마간의 놀람을 함께 담고 있었다. 내가 놀랍도록 낯설고 위험한 일을 하려고 할 때에만 그분은 진심으로 깜짝 놀라면서 안 된다고 하셨다.

그렇게 허용의 비율이 높았음에도, 나는 그 얼마 안 되는 금지사항에도 틈틈이 도전장을 내밀었다. 할머니가 안 된다고 했는데 몰래 저질러놓고 꼼짝없이 들키는 일들이 흔히 있었다. 혼나겠다 싶어서 눈알만 데굴데굴 굴리며 눈치를 보고 있을 때 할머니가 하는 말씀이 '뒤 았어'였다. 뒤았어는 됐어, 괜찮아라는 뜻이다.

아이들은 태어나 걸음마를 배우면서부터 자신이 속한 세상의 경계에 대한 탐험을 시작하는 존재들이다.

어른이 정한 안전하고 합리적인 일상의 경계를 그들은 신뢰하지 않는다. 그 너머에도 무언가 재미있고 새로운 것이 있을 것이라는 확신과 열정이 그들의 불타는 에너지와 결합되어 어른들이 감당하기 힘든 부잡함과 부조리로 나타난다. 10월이면 날씨가 따뜻해도 바다에 뛰어들기에 조금 늦은 계절이 아닐까? 생일 파티에 늦지 않게 가려면 지금 당장 세수를 해야 하지 않을까? 가장 아끼는 핑크색 드레스를 입고 밥을 먹으면 예쁜 옷에 국물을 흘려 속상하지 않을까? 그 모든 질문들에 대해 부모는 가장 합리적인 대답을 알고 있지만 아이들은 그 해답에 귀를 기울이지 않는다. 내가 분명히 안 된다고 했는데, 아이는 뒤돌아볼 겨를 없이 저질러버리고 만다.

안 된다고 했는데, 내가 분명히 안 된다고 했는데, 어린 꿀짱아의 대담하고 대책 없는 결정들이 삼십 대 젊은 엄마였던 내 머리 뚜껑을 수시로 열어제낄 때, 그때 내 귓가에 들려온 할머니의 속삭임이 바로 "뒤얐어"였다.

아이의 저지레나 약속 위반은 보통 삶이 오락가락하

도록 대단한 것들은 아니었다. 그것은 내 기분과 하루 스케줄을 망치는 정도의 피해를 가져왔다. 하지만 그 순간에는 내 삶을 압도하곤 했다. 이 아이가 부모의 말을 가볍게 여기고 있다는 분노, 내가 아이를 잘 키우지 못하고 있다는 좌절감, 일어난 피해를 수습해야 하는 고단함, 그런 것들이 한꺼번에 몰려와 나는 화산처럼 돌과 불을 뿜어내고 싶어졌다. 그렇게 마음이 격해진 순간에 할머니가 속삭이는 됐어는 두 가지로 나를 위로했다.

됐어. 그것은 할머니가 나에게 주었던 관용을 떠올리게 했다. 무언가 사고를 쳐놓고 뻔뻔한 얼굴로 버티고는 있지만 그 뒤로 내심 놀라고 당황해 어쩔 줄 모르던 어린 나, 불호령이 떨어져도 어쩔 수 없다고 생각하며 애써 눈물을 삼키던 나에게 할머니는 "뒤았어"라고 말했다. 더 이상 야단치지 않고 말없이 내가 저지른 뒤처리를 해주던 할머니의 뒷모습을 보면서 한꺼번에 밀려오던 그 황홀한 안도와 감사의 물결을 나는 또렷이 기억했다.

어린 시절에 할머니가 베푼 넉넉한 관용들은 나의 내면에 매우 선명하고 아름다운 무늬를 만들었다. 많은 잘못들을 저지른 것에 비해 심하게 야단맞거나 응분의 대가를 치르지 않았는데, 분명히, 반사회적이거나 기회주의적인 어떤 방향으로 자라지는 않았다.

할머니가 베푼 관용은 나에게 심리적인 안전판이 되었다. 혹시 잘못을 저지르더라도 관용으로 받아들여질 수 있다는 믿음은 무언가 새로운 것을 시도해볼 수 있다는 자신감의 씨앗이 되었다. 그것은 본질적으로 매우 중요한 창의력의 씨앗이기도 했다. 남들과 다른 선택을 하고, 다른 질문을 던지고, 반대하는 목소리에 굴하지 않고 나의 주장을 내세울 수 있는 용기의 근원이었다.

한편으로, 고집 센 아기의 저지레 앞에서 그저 무력하고 어쩔 줄 모르겠는 엄마가 된 나에게 할머니가 전해주는 위로이기도 했다. 아기들은 다 그런 식으로 크고, 어른들은 다 그렇게 고된 마음으로 부모가 된다고, 서툴고 혼란스러워도 괜찮다고, 그렇게 부모가 되어가는 거라고, 내 나름의 방식으로 열심히, 잘하고 있는 것을 할머니가 알고 있다고, 내 안에 소중히 모신 할머니가 인정해주는 목소리이기도 했다.

나는 할머니의 오래된 사투리를 흉내 내어 뒤얐어, 뒤얐어라고 혼잣말하면서 어린 꿀짱아와 내가 함께 자라는 시간들을 채워나갔다. 뒤얐어라고 중얼거리다 보면 내 앞에 저질러진 일들이 신기하게 그럭저럭 다룰 만한 크기로 작게 움츠러들었다. 기껏해야 네 살, 열 살, 열다섯 살 아이가 저지른 일일 뿐인 것이다.

몰러. 할머니가 아마도 가장 많이 하신 말씀일 것이다. 할머니는 망설임 없이 하루에도 몇 번이나 몰러,라고 했다. 나는 때로 어린이 잡지에서 읽은 어려운 이야기들을 꺼내면서 할머니 이런 거 알어? 하고 일부러 묻기도 했다. 할머니, 목성이 지구의 몇 배인지 알어? 그러면 할머니는 몰러라고 대답했다.

부모가 자식에게 모른다고 말하기가 얼마나 힘든 것인지, 꿀짱아를 키우고서야 깨달았다. 꿀짱아가 나에게 무언가를 물으면, 그것이 학교 숙제든지 아니면 방학 스케줄이든지, 뉴스에 나온 내용이든 논문에 나온 내용이든, 나는 무엇이든 척척 대답을 내놓아야만 한다는 강박에 시달렸다. 부모인 나는 지식이나 경험에서 우월하고 현명해야만 했다. 그걸 보여주기 위해 마치 네이버 지식인이나 알파고인 것처럼 아이에게 대답을 했고 그것이 옳다고 우겼으며 밤에는 이불을 발로 찼다.

실은 그럴 필요가 없는 일이었다. 나는 뭐든지 다 모른다고 대답하는 할머니를 여전히 사랑하고 좋아했다. 할머니 바보! 하고 되바라진 소리를 하기도 했지만 할머니는 아무렇지 않게 그려,라고 답했다. 나는 용기를 내서 꿀짱아에게 "몰라"라고 대답해보았다. 놀랍게도 꿀짱아는 그 대답을 듣고 오히려 기분이 좋아졌다. 모른다는 대답이 부작용을 일으키지 않는 것을 지켜보면서 나는 속으로 참 신기하다고 생각했다.

내가 모른다는데 오히려 기분 좋아하는 아이를 이해하기 위해, 나는 어린 시절에 할머니가 "몰러"라고 대답할 때 그렇게 똑같이 흥겹던 어린 나로 돌아가보았다. 그때 나는 《엄마랑 아가랑》 같은 그 시절의 어린이 잡지를 한 권쯤 읽었을 것이고, 그곳에서 습득한 지식이 너무나 놀랍고 뿌듯했을 것이다. 그럴 때 나는 작은 발광체가 된 기분이었다. 내 안에서 무언가 빛의 근원이 폭발하여 나의 피부를 뚫고 확장하여 세상을 채울 것처럼 퍼져나가는, 내가 매우 똑똑하고 이 신비로운 세상이 모두 내 것인 것 같은, 가치 있고 아름다운 세상과 내가 하나가 되는 것 같은 그런 자신감과 우주적인 합일감이었다. 팔과 다리를 쭉쭉 뻗어서 기지개를 켤 때 관절마다 느껴지는 개운하고 시원한 기분이 정신의 마디마디를 흠뻑 적시는 것 같은 그런 행복감을 확인하는 한 가지 방법으로 나는 그런 질문들을 던지곤 했다.

한번은 할머니가 눈치 없이 옳은 대답을 한 적도 있었다. 내가 어린이 잡지를 읽고 또 감동해서 "할머니, 무지개가 뭘로 만들어지는지 알아?"라고 물었는데 할머니가 "무지개는 비 온 다음에 뜨니께 물방울이겠지." 라고 쉽게 대답한 거였다. 할머니가 옳은 답을 말하는 바람에 하늘이 무너지는 줄 알았다. 무지개는 비 온 뒤 공기 중에 남은 물방울에 햇빛이 굴절되어 생긴다는 어린이 잡지의 설명보다 많이 단순하긴 했지만 할머니의 대답은 본질적으로 정확한 것이었다. 그 순간 느낀 낭패감과 배신감을 지금도 선명하게 기억한다. 그때 나는 할머니는 틀렸다고 우기며 꽤나 신경질을 부렸던 것 같다. 그런 우주적인 진실은 남들은 모르고 나만 알아야 제맛이었다.

하지만 다행히 할머니는 대부분 "몰러"라고 대답했고, 나는 읽고 있던 어린이 잡지를 할머니의 코앞에 들이밀며 척척박사처럼 방금 읽은 지식들을 읊었다. 그것은 나의 세계가 어른들이 만들어놓은 경계를 넘어서고 있다는 성장과 확장의 느낌이었고 눈부신 행복감이었다. 어른들은 아이들을 보호하는 성벽처럼 강하고 높은 존재여야 하지만, 이럴 때는 아이가 가볍게 도움닫기를 할 수 있는 낮은 발판 정도로 슬그머니 몸을 낮추어주는 센스가 필요하다. 아이의 정신적 확장에 장단을 맞춰 몸을 낮추는 할머니의 능숙하고 정직한 한마디가 바로 "몰러"였다.

좀 더 자란 뒤에는 얕은 지식 유희가 아니라 어떤 실무적인 벽에 부딪혀 누군가의 조언이나 도움을 필요로 하는 순간들이 찾아왔다. 그때 이미 나는 할머니에게 어떤 조언을 기대하지 않았다. 한글도 잘 모르는 늙은 할머니에게 어떤 도움을 기대할 수 없다는 것을 이미 오래전부터 알고 있었다. 하지만 그럴 때조차도 '모른다'고 말하는 상대방은 나에게 상처를 주지 않았다. 오히려 곤란하고 이치에 닿지 않는 어떤 해결책을 제시하며 그것을 실행에 옮기라고 강요하는 확신에 찬 목소리들이 나를 더 난감하게 만들었다.

화나서 싸늘하게 내뱉는 "몰라!"가 아니라, 내 질문에 귀를 기울이고 진지하게 생각해본 뒤에 '모른다'고 답하는 사람들은 언제나 나를 실망시키지 않았다. 나는 모른다고 말하는 사람들의 정직함을 높이 샀고, 그들에게는 내 무력함과 곤혹스러움을 토로해도 괜찮을 것이라는 믿음직함을 느꼈다. 그리고 그렇게 함께 이야기하는 과정에서 우리는 몇 가지 좋은 생각들을 떠올리기도 했고 정 어쩔 수 없는 일은 어쩔 수 없는 거라고 마음을 정리할 수 있었다. 어쨌거나 대책을 정하고 실행에 옮겨야 하는 사람은 나였다. 상대방이 알고 있는 답이 과연 내가 채택할 수 있는 방법인지 하는 것은 또 다른 문제였다. 결국 알아야 하는 당사자는 그가 아니라 나였다. 모르는 것을 모른다고 인정하는 상대방은 묘한 방식으로 나를 안심시키고, 내가 새로 힘을 낼 수 있게 도와주었다.

워쩌. 할머니가 노상 입에 달고 살다시피 했던 말이었다. 사춘기 딸에게 쩔쩔 매는 나를 보셨다면 워쩌,라고 했을 것이다. 내가 일이 뜻대로 풀리지 않아 속상하고 난감해할 때 하는 말씀이었다.

할머니가 워쩌,라고 말하던 기억을 떠올리기만 해도 마음에 온기가 퍼진다. 정말이지 신기한 일이었다. 할머니는 근본적으로 뼛속까지 무력했다. 배운 것 없고 가진 것 없고 뒷방에서 TV 보면서 조촐하게 늙어가는 중이었다. 그분은 한 번도 어떤 능력을 보여주지 않았다. 내가 곤경에 처했다고 해서 두 팔 걷고 나서서 도와주는 일도 없었다. 그저 함께 속상한 얼굴로 워쩌,라고만 했다. 그런데 할머니의 그 말이 상처 난 마음에 반창고가 되어주었다. 마음을 가득 채웠던 속상함이 감당할 만하게 작아지면서 그저 뒷주머니에 쓱 집어넣고 다시 무언가를 해볼 만한 기분이 되었다. 할머니의 워쩌가 어떡하니,라는 공감과 이해의 언어였던 것을 뒤늦게 이해하고 깨달았다.

할머니는 언어의 미니멀리스트였다. 맥시멀리스트 손녀가 제발 무슨 말 좀 해보라고 아무리 닦달을 해대도 꿈쩍도 안 했다. 나는 할머니를 포기하고 책의 세계로 날아갔다. 하지만 할머니의 다섯 단어는 한 아이를 사랑으로 키우는 데 필요한 모든 자양분을 부족함 없이 모두 담고 있었다.

오히려 풍성하고 화려한 나의 언어는 사춘기 아이를 키우는 데에 부작용만 일으켰다. 나는 언어의 과용(過用)이 오히려 독이 되고 있는 것을 깨달았다. 할머니처럼만 하자. 나는 마음속으로 결심했다. 언어를 아끼자. 할머니처럼 말하자.

내가 할머니의 다섯 단어를 새로이 명심하고 꿀짱아에게 할머니처럼 말하기를 실천한 뒤로 우리 관계는 천천히 나아지기 시작했다. 고슴도치처럼 잔뜩 가시를 올리고 까칠했던 아이가 할머니의 말씀들 앞에서는 조용하게 가시를 내렸다. 나는 꿀짱아에게 그래, 안 돼, 됐어, 몰라, 어떡해, 다섯 개 중 하나를 골라 내밀었고 언제나 그 마법 같은 효과에 내심 놀랐다.

꿀짱아의 사춘기는 이후로도 길었지만, 할머니의 다섯 단어는 단 한 번도 부작용을 일으키지 않았다.

10.

보너스라니, 저런

나에게는 거의 매일 오가다시피 하는 베프가 있다. 그녀는 나의 고등학교 동창인데, 아이들의 초등학교 입학식 날 학부모로 다시 만난 이후 쭉 단짝 친구로 지내고 있다. 우리가 함께 서른 중반의 가열찬 육아기를 넘기던 시기에 그는 상담심리대학원에 진학하기로 결심했고, 이제는 유능한 어린이 놀이치료사로 능력을 한껏 발휘하고 있다.

원래부터도 쿵짝이 잘 맞는 단짝 친구였지만 그가

상담심리학을 공부한 이후 우리 사이에 한층 더 밀도가 생겼다고 할 수 있다. 우리는 둘 다 사람의 마음에 관심이 많은 사람들인 것이다. 그가 전해주는 놀라운 심리 상담 지식과 경험들은 우리에게 언제나 뜨거운 토론 주제였다. 우리는 사람을 잘 대한다는 것은 무엇인가, 아이를 잘 키운다는 것은 무엇인가 하는 주제와 많은 현상들을 놓고 단 한 번도 지치거나 심드렁하지 않고 불이 나도록 열심히 토론했다.

그날은 나의 생일이었고 나는 친구와 함께 동네 뒷산에 올라 아이스아메리카노와 달달한 조각 케이크로 작은 생일 파티를 즐기던 중이었다.

"나 너한테 배워서 상담할 때 되게 잘 써먹는 거 있다."

"뭔데?"

"저런."

원래부터 뜬금없는 소리를 잘하는 친구였지만 이날의 서두는 그 어느 때보다 뜬금없었다. 정식 자격증을 가진 상담사가 무자격인 나에게 배워서 상담에 써먹을 기술이 어디 있단 말인가? 게다가 그 단어가 별것도 아닌 '저런'이라니?

　"놀이치료 할 때 애기들이 막 속상해하고 화를 낼 때가 있어. 병뚜껑이 안 열린다거나, 블록이 잘 안 맞춰진다거나. 그럴 때 나는 '우리 ○○이가 병뚜껑이 안 열려서 속상했구나~'라든지 '우리 ××이가 블록이 안 맞아서 화가 났구나'라고 말해줘. 그게 감정 코칭이야. 아이에게 지금 느끼는 감정이 무엇이고, 그 감정의 원인이 무엇인지 알려주는 거지."

　이런 식의 이야기에 나는 언제나 사족을 못 쓴다. 아이들의 마음과 행동을 포착하고 다루는 섬세하고 아름다운 기술들에 대해 들을 때면 나는 내가 왜 상담사라는 멋진 직업을 가질 생각을 하지 않았는가 하고 친구가 부럽다 못해 질투심이 날 지경이 되곤 한다.

　"그렇게 아이들에게 감정 코칭을 해주라고, 대학원에서 수업 시간에 배운 거야. 나는 배운 대로 하는 거지. 그런데 가만 보니까 너는 그럴 때 '저런' 그러더라고. 저런이라고 말하고 아무 말도 안 하는 거야. 우리

○○이가 이래서 화가 났구나, 그렇게 자세하게 말하지 않고 그냥 저런, 그러고는 끝이야."

들고 보니 그랬다. 나는 '저런'이라는 말을 아주 헤아릴 수 없이 많이 쓴다. 근데 그 흔한 말이 무슨 중요한 의미가 있길래 상담 현장에서 써볼 만하다는 건지 신기했다.

"네가 나한테도 저런, 그럴 때가 있는데, 그게 뭔지 몰라도 별 소리 아닌데도 희한하게 기분이 괜찮더라고. 그래서 나도 놀이치료 할 때 아이들한테 한번 써봤어. 병뚜껑이 안 열려서 울고 있는 아이한테 '저런'이라고 말하고 가만 있어봤어. 그랬더니 아이가 눈물을 닦고 금세 괜찮아져서 다른 놀이를 하는 거야. 난 너무 놀랐어."

겨우 외딴 방구석의 오래된 옷장을 열었더니 눈 내리는 나니아가 펼쳐졌다고 했던 C.S. 루이스처럼, 저런, 이라는 흔한 말에서 시작된 이야기는 방향을 알 수 없는 꿈과 모험의 세계를 정신없이 내달리기 시작했다.

붙어 다닌 지 십 년이 넘도록 한결같이 우리 대화를 열 띠게 달구는 마법 같은 순간이다.

"대학원에서 배운 감정 코칭보다 저런이 오히려 더 효과가 좋아. '우리 ○○이가 병뚜껑이 안 열려서 속 상했구나~'라고 말하면 아이가 울다가 멈추고 나를 빤히 바라보거든. 자기가 들은 말을 해석하느라 시간이 걸리는 거지. 그런데 '저런'은 그런 단계가 없어. 나를 쳐다보지도 않아. 거의 즉각적으로 스르르 괜찮아져서 힘을 내서 다른 놀이를 하더라고. 정말 신기한 경험이었어. '저런'이 뭐길래 감정 코칭보다도 더 효과가 빠르고 좋은 걸까?"

친구가 말하는 '저런'의 마법적인 효과보다도, 나는 다른 것에 더 놀랐다.

"저런이 그렇게 신묘한 말이라고? 그건 아주 흔한 말이잖아?"

"아니야. 난 너한테 처음 들었어. 내가 그렇게 말해 본 적도 없어."

"뭐라고? 그러면 아이가 울고 있을 때 어떻게 달래는

데?"

"그거야 당연히 '울지 마, 아이스크림 사줄게'지. 상담실에 오는 엄마들도 대부분 그래. 울지 마 뭐 해줄게. 그게 아마 제일 흔한 방법일걸."

여기서 우리는 빵 터져서 함께 웃었다. 나도 울고 생떼를 쓰는 꿀짱아에게 애니메이션 비디오를 켜준다든가 맛있는 것을 준다든가 하는 식으로 상황을 모면하려 애쓴 적이 아주 많기 때문이다. 젊은 엄마였던 나는 늘 지쳐 있었고, 아이가 울고 진정되지 않는 상황이 곤혹스러웠고, 어떻게든 이 상황에서 벗어나고 싶었다. 그 절박한 마음은 내 마음 어딘가에 문신처럼 남아서, 나는 자동반사처럼 어린 꿀짱아의 울음소리를 생각하기만 해도 당장 디즈니 애니메이션을 틀어야 할 것 같은 기분이 들곤 했다.

"저런,은 누구나 하는 흔한 말이 아니야. 그리고 내가 직접 경험해보니 하기 쉬운 말도 아니더라. 우는 아이에게 '저런~'이라는 말만 하고 가만있으려니까 너무 마음이 힘들어서 팔다리가 뒤틀릴 것 같더라고. 우리

○○이가 이래서 이랬구나 하고 이런저런 말을 하든가, 선생님이 해줄게, 하고 아이를 도와주든가, 뭔가를 해야만 할 것 같았어. 몇 초도 되지 않는 아주 짧은 시간인데도 아무것도 안 하고 가만히 있기가 나는 무척이나 괴롭더라고. 나는 그런 순간을 잠잠하게 버티는 게 정말 힘들거든. 그런데 내가 저런~ 하고 버티니까 아이가 스스로 괜찮아졌어."

나는 친구의 말을 들으면서 여러 가지로 너무 놀라 자빠질 지경이었는데, 우는 아이 앞에서 저런~이라고 말하고 '버틴다'고 표현하는 것도 정말이지 이해할 수 없었다. 나는 아이 앞에서 내가 무언가를 버텨냈다고 생각해본 적이 한 번도 없었다.

"아, 상담에서 '버틴다'는 것은 아주 중요하고 핵심적인 개념이야. 상담학 교과서에 보면 상담사가 내담자에게 해주어야 하는 일이 '정서적 지지가 되어주고 버틴다'라고 되어 있어. 나는 그걸 글로 배우고 외웠지만 사실은 버틴다는 게 무슨 뜻인지 몰랐거든. 그런데 그날 저런,이라고 말하고 가만히 있는 동안 버틴다는 게 뭔지 이제 알겠다 싶은 기분이었어. 아이가 해야 할 일을 내가 대신하지 않고 기다려주는 거야. 그게 버티는 거였어."

친구의 분석에 의하면 '저런'은 바로 일상 속에서 만날 수 있는 평범하지만 중요한 '공감'의 언어라고 했다.

"보통 아이가 속상해서 울면 아이를 안심시키려고 '괜찮아'라고 말하는데, 사실 아이는 괜찮지 않거든. 저런,이라는 말 속에는 정확한 공감이 숨어 있는 거야. 아이가 뜻대로 되지 않아서 놀라고 속상해하는 마음을 알아주는 말인 거지. 그렇게 아이가 정확하게 이해받고 나면, 설명하는 다른 말이나 도움 행동을 주지 않아도 스스로 괜찮아져. 그래서 뚜껑 열기를 다시 시도해보든지, 도와달라고 청하든지, 뚜껑 열기 말고 다른 놀이를 하든지 하는 식으로 다르게 대응할 수 있는 힘을 스스로 끌어낼 수 있는 거야. 정말 놀랍지 않아? '저런'은 정말이지 멋진 말이더라고!"

그는 '저런'이 단순하고 흔해 보이지만 매우 맵시 있고 효과적인 공감의 언어이며, 아이의 마음속에 난 작은 생채기에 발라주는 연고와 같은 것이고, 그 짧은 한 단어만으로도 아이는 지지와 공감을 얻어 스스로 회복에 이를 수 있는 것이라고 '저런'의 의미와 효과를 정리하며 흐뭇해했다.

나는 나대로 이건 정말이지 최고의 생일 선물인데,라고 속으로 생각했다. "저런"은 당연히 할머니의 언어였다. 언어의 미니멀리스트다운, 가장 간결하고 효과적인 공감과 버티기를 할머니는 숨 쉬듯이 편안하게, 날마다 나에게 공급하셨다. 친구가 그것을 공감과 버티기라고 분석해 알려줄 때까지 나는 '저런'이라는 단어의 존재조차 의식하지 못했다. 아니, '저런'이란 하나의 단어이자 언어라고 인식되기조차 민망할 만큼 근원적이고 본능적인 어떤 감탄사와도 같이 느껴져서, 나는 그것이 아플 때 아야!라고 외치고 놀랄 때 엄마야!라고 외치듯이 사람의 몸에서 당연하게 뿜어져 나오는 어떤 반응 같은 것이라고 생각했다.

하지만 그것은 어떤 사람들에게는 당연하거나 쉽거나 흔한 것이 결코 아니었다. 들어본 적조차 없을 만큼

드문 말에 속했고, 그것을 흉내 내서 따라해보려 해도
힘들 만큼 어려운 것이었다. 어렵고 드문 것을 당연하
고 흔하게 주신 분이 바로 나의 할머니였다. 나는 그것
을 너무 당연하고 흔하게 받아서 그것의 귀하고 소중한
의미도 몰랐으며 그것이 나에게 끼친 편안하고 고마운
효과에 대해서도 당연히 아무런 인식이 없었다.

   할머니가 물려주신 대부분의 것들이 이런 식이었다.
그것은 너무나 일상적이고 조용하고 작아서 나는 그것
의 중요한 의미들을 거의 알아차리지 못했다. 그것은
너무나 풍성하고 흔해서 도무지 감사할 일들이라는 생
각조차 들지 않았다. 하지만 그것은 나의 내면에 중요
한 안정감의 기반이 되었고 나는 숲의 습기를 흠뻑 머
금고 자라는 초록 이끼처럼 그 안에 살았으며 중요한
것들을 배운 줄도 모르고 배웠다. 이렇게 일상의 모퉁
이에서, 내 마흔여덟 번째 생일날 뒷산 테이블 같은 곳
에서 슬며시 스쳐 지나가시는 내 할머니의 치맛자락을
만나면 나는 너무나 행복하고 기뻐서 온 세상을 다 얻

은 것 같은 기분이 되고 마는데, 일상 속의 그 깊은 행복감 또한 할머니가 나에게 남겨주신 중요한 선물들 중 하나였다.

II.

아이는 부모의 빈틈에서 자란다

소설 《설이》가 출간되었을 때, 초판본을 받아든 나는 책의 뒷면 표지에 이렇게 써 있는 것을 발견하고 당황했다.

내가 가진 가장 좋은 것, 최고의 가정에서 자란 시현이 단 하나 가지지 못한 바로 그것, 허술하고 허점투성이인 부모 밑에서 누리는 내 마음대로의 씩씩한 삶 말이다.

《설이》는 내가 5년의 오랜 침묵 끝에 겨우 써낸 소설이었고 나는 아직 위축된 마음을 완전히 극복하지 못해, 내 작품에 대한 장악력이 이전보다 많이 떨어진 것 같다고 느끼고 있었다. 그러므로 책의 뒤표지에 써 있는 저 문구가 내가 쓴 소설의 일부분인 것 같기는 한데 정말 저렇게 쓴 게 맞는가 하는 의구심을 느꼈다. 본문을 뒤져 정말로 내가 저렇게 썼다는 걸 확인하고는 자괴감에 빠졌다. 저 문장이 틀렸다고 생각했기 때문이다.

허술하고 허점투성이인. 내 기준에 이것은 교정을 요하는 문장이었다. 허술하다와 허점투성이이다는 완전히 동의어이므로 동어반복이었다. 허술하고 가난한, 허술하고 무력한, 허술하고 가진 것 없는. 얼마든지 다른 표현으로 대치할 수 있었을 것이다. 교정되어야 하는 틀린 문장이 하필이면 뒤표지에 떡하니 올라가버린 것을 보고 머리가 아득해지는 기분이었다. 큰 실수를 하고 말았다고 생각했다.

꿀짱아의 사춘기는 초등학교 5-6학년에 정점을 찍었다. 흔히들 중2병이라고 하길래 중학교 1학년쯤 마음의 준비를 하면 되려니 생각했는데 갑작스럽고 격렬하게 사춘기가 시작되어서 아무 대비도 하지 못한 채 그것을 마주하게 되었다. 실은 그것이 사춘기인지 깨닫지도 못했다. 초등 5학년에 벌써 상태가 이 지경이니 그 유명한 중2가 되면 도대체 어떤 지경일지 감도 오지 않았다. 지나고 나서 보니 꿀짱아의 정점은 초등 고학년이었고 이후로 중학교, 고등학교, 심지어 대학교 초반까지 길게 이어진 사춘기 내내 완만한 내리막 언덕길을 걸었다. 그러니 상태가 더욱 악화될 앞날을 미리 두려워할 필요까지는 없었던 거였다. 아무튼, 우리 가족의 당황이 정점에 달해 있던 어느 날이었다.

꿀짱아는 특유의 자기주도성으로, 어느 기관에서 주최하는 모 행사에 참가하겠다고 통보했다. 그런 쓸모없는 행사에 왜 가겠다는 것인지 의문이었지만 어쨌든 그 아이에게는 중요하고 흥미로운 일이었다. 그 행사는 토요일 오후 세 시 청량리역에서 열린다고 했다. 행사장인 청량리역은 우리가 평소 다니지 않던 곳이라서 그곳의 지리와 교통이 낯설었는데, 꿀짱아는 내가 보이는 관심을 모두 적대적으로 받아들였다.

"내가 알아서 한다니까요."

"그건 왜 물어보시는 건데요?"

"엄마하고는 상관없는 일 아니에요?"

"다 알아서 한다니까요?"

명목만 존댓말이었지 한 대 쥐어박고 싶도록 얄미운, 전형적인 사춘기 말투인 와중에 '내가 다 알아서 한다'는 말이 여러 번 반복되었으므로 나는 그것이 꿀짱아가 지하철을 타고 행사장에 알아서 가겠다는 소리인 것으로 받아들였다. 하지만 시간이 임박하도록 세수도 안 하고 집에서 휴대폰만 톡탁거리고 있는 지경에는 신경질이 치솟지 않을 수 없었다. 그때는 아직 폴더폰을 쓰던 시대라서 폰을 쥐면 문자를 주고받는 톡탁 소리가 끊이지 않았고 두 엄지손가락은 벌새의 날개처럼 빠르고 유연해서 움직임이 눈에 보이지도 않았다.

모른 체하려고 애썼지만 30분 후 나는 폭발했다.

"너 세 시부터 행사라며? 그럼 지금 출발해도 늦었어!"

"늦었어요?"

아이가 드디어 벌새 같은 엄지질을 멈추었다. 늦었어요?라니. 다 알아서 한다던 그 아이의 머릿속에는 최소한의 시간 가늠조차도 이루어지지 않고 있었던 것이다. 이게 사춘기 아이다. 알아서 하지 않을 자에게는 알아서 하겠다는 말의 사용을 법으로 금해야 한다. 나는 이를 악물고 발바닥부터 솟구쳐오르는 용암이 입 밖으로 뿜어나오지 않도록 애를 썼다.

"혹시 나 데려다주실 수 있어요?"

알아서 하겠다고 했으니 행사에 늦든 말든 알아서 하라고 해야 최소한의 일관성을 지키는 일이겠지만, 나는 또 "알아서 한다며! 네가 다 알아서 한다며!!" 하고 고래고래 고함을 지르면서도 기다렸다는 듯이 자동차 열쇠를 챙겨 들고 번개보다 빨리 달리기 시작했다. 이게 사춘기 아이의 엄마다. 우리는 서로 앞뒤가 전혀 맞지 않는 말과 행동을 주고받으며 서로 이해하지 못해

미쳐 돌아가는 환상의 찍꿍들이다.

토요일 오후의 종로는 지옥처럼 막혔다. 째깍째깍 초침마다 피가 말라 들어가는 것 같았다. 내 피 말이다. 꿀짱아는 엄마가 데려다주기로 했으니 다 된 일로 치고 옆에서 세상 편하게 자고 있었다. 지금 잠이 오냐? 저럴 때 세상에서 꿀짱아가 제일 부럽다. 행사에 왕창 늦어 버리고 킹콩처럼 화가 난 엄마 옆에서 태평하게 잘 수 있는 저 강심장, 그것을 얻기 위해서라면 나는 이 세상에 아까울 것이 없을 것 같았다.

결국 나는 동대문 근처에서 포기했다. 두 시 오십 분. 늘어서서 움직이지 않는 자동차의 행렬은 끝이 보이지 않았고 지금부터 청량리까지 신호등 한 번 걸리지 않고 날아간다고 해도 제시간에 도착하기는 틀린 시각이었다.

"다 틀렸어! 오늘 행사 못 가!"

나는 사납게 선언하며 꿀짱아를 잠에서 깨웠다.

"왜요? 벌써 세 시가 됐어요?"

"두 시 오십 분이잖아! 차가 이렇게 막히는데! 여기

서 청량리역까지 아무리 빨리 가도 세 시에 도착할 수는 없어. 그러길래 일찍부터 준비 좀 하라고 했잖아? 알아서 하겠다더니 이게 뭐야! 이게 알아서 하는 거야?"

"저거 동대문역 아니에요? 그러면 청량리역까지 지하철을 타고 갈 수 있는 거 아니에요?"

"지하철로 가도 세 시까지는 어림없어! 이미 늦었어!"

"나 여기서 내릴래요. 지하철로 가볼래요."

"지하철로도 안 된다니까? 그러길래 행사에 가고 싶으면 미리미리 준비를 했어야지 이제 와서 될 리가 없어! 쌤통이다."

"아니야!"

우리는 악담과 눈 흘김을 주고받고 헤어졌다. 꿀짱아가 지하철역으로 허겁지겁 달려 들어가는 모습을 보면서 나는 묘한 기분이 되었다. 저렇게 번개같이 사라지는 빠른 발걸음이라니. 저 아이는 그 행사에 갈 수 있기를 간절하게 원하고 있지 않은가? 사춘기 아이들은 믿을 수 없도록 앞뒤가 다르고 부조리하다. 아침 내내 알아서 하겠다고 큰소리 치던 사람과, 오후 두 시가 되도록 침대 안에서 뭉개던 사람과, 불가능한 10분을 남기고 간절하게 달리는 사람이 모두 한 사람이다.

아침부터 이 순간까지 이미 너무 많은 스트레스를 받아버린 나는 꿀짱아에게 행운을 빌어주고 싶은 기분이 아니었다. 마지막 순간에 아이에게 악담을 퍼부어버린 것이 조금 후회스러웠지만, 그건 악담이 아니라 현실 직시였다고 스스로 합리화했다. 꿀짱아는 오늘 꼭 보고 싶던 행사를 놓치고 터덜터덜 뒤돌아섬으로써 중요한 교훈을 얻게 될 것이다. 나는 그것이야말로 오늘 일어난 일들 중에서 가장 의미 있는 부분이라고 생각했다.

하지만 일은 내 생각처럼 돌아가지 않았다. 꿀짱아는 행사를 마치고 기분 좋게 집으로 돌아와서는 아까 속썩여서 미안하다고 인심 좋게 사과까지 했다. 나는 정말이지 놀라 자빠질 지경이었다. 두 시 오십 분에 동대문역으로 뛰어들어가서는 세 시에 청량리역에서 열리는 행사를 볼 수 없기 때문이다. 웜홀을 타지 않고서는 그것은 물리적으로 불가능한 일이었다.

"좀 늦게 도착하긴 했는데, 늦게 온 사람이 많다고 행사를 삼십 분 늦게 시작했어."

나는 정말이지 엄청난 충격을 받았다. 내가 생각했던 많은 경우의 수 중에서 행사 시간이 늦춰진다는 것은 들어 있지 않았다. 나는 오후 내내 꿀짱아가 이번 일로 무슨 교훈을 얻었을지 그 문제에만 집착하고 있었는데, 그 행사는 결국 다 꿀짱아 같은 녀석들이 신청해서 치르는 행사였던 것이다.

드라마틱한 과정을 거쳐 하루를 성공적으로 마무리한 꿀짱아는 기분이 좋았다. 나는 망치로 얻어맞은 것 같은 얼얼함 속에서 그 저녁을 보냈다. 내가 살면서 그날 '꿀짱아는 행사를 볼 수 없다'는 것만큼 확신했던 일은 드물었다. 나는 틀림없다고 했고, 꿀짱아는 아니라고 했다. 그리고 뜻밖에, 일은 꿀짱아의 생각대로 돌아갔다. 그날은 꿀짱아가 아니라 내가 교훈을 얻어야 하는 날이었다. 나는 그날 '내가 틀릴 수 있다'는 교훈을 얻었다. 무언가 내 안에서 굵은 기둥 같은 것이 툭 부러진 기분이었다.

그날 동대문역 앞에서 나는 내 생각이 맞을 것이라고 끝까지 주장할 용기와 줏대를 영원히 상실하고 말았다. 내가 보기엔 섶을 지고 불에 뛰어드는 일 같아도, 꿀짱아의 생각이 옳을 수도 있었다. 꿀짱아가 범죄를 저지르는 게 아니라면 그냥 그 아이가 원하는 방식으로 하도록 맡겨두기로 결심했다. 쉬운 일은 아니었다. 나에게는 40년 넘게 성공적으로 살아온 내 삶의 노하우가 확고하게 자리 잡고 있었는데 꿀짱아가 하려는 일은 대부분 그 판단들과 거꾸로 달리는 방식이었기 때문이다.

꿀짱아가 하려는 일에 대해 내가 자세하게 알면 알수록 내 머릿속 개구리들의 목청이 높아졌다. 그래서는 안 돼, 말도 안 되는 소리야, 순서가 틀렸어, 그건 하나도 중요하지 않아, 저 아이는 왜 저런 말도 안 되는 일을 하려고 하지? 이대로 내버려두어선 안 돼, 그건 부모로서 직무 유기야! 아이는 잘못된 생각을 가질 거야! 개구리들은 주로 이렇게 고함을 질러댔다.

내가 꼼꼼히 챙길수록 꿀짱아는 더 반발했고 보란 듯이 침대에 처박혀 꼼짝도 하지 않으려 했다. 내가 챙길수록 더 널부러지는 꿀짱아, 그것은 현상적으로 눈에 보이는 부인할 수 없이 명백한 사실이었다. 그렇다면 내가 챙기지 않고 놔두는 수밖에. 하지만 여기에도 함정이 있었는데 꿀짱아의 일상을 챙기지 않기로 결심하는 내 마음속에 굉장한 분노와 복수심이 숨어 있었다는 점이었다. 엄마 없이 너 어디 잘되나 보자! 하는 속마음이 숨어 있는 한 우리 관계는 달라질 것이 없었다. 열전이 냉전으로 바뀌었을 뿐 여전히 꿀짱아는 움직이지 않았다. 꿀짱아가 긍정적으로 움직이게 하는 방법은 단 하나, 내가 그 일에 대해서 진실로 잘 모르는 길뿐이었다. 나는 잘 모르겠으니 꿀짱아가 알아서 잘하겠지,라고 생각하는 수밖에 없었다. 나는 일부러라도 꿀짱아의 스케줄과 행사에 대해 무심해지려 노력했다.

꿀짱아의 과제물을 잊고, 중간고사를 잊고, 입시를 잊기는 쉽지 않았다. 나에게 자식이라고는 꿀짱아 하나뿐이었고 기본적으로 아이에게 관심이 매우 많은 성향의 사람인데다 글을 쓰는 직업이란 마음먹기에 따라서 얼마든지 내 스케줄을 아이에 맞춰 조정할 수 있는 여건이었으므로 나라는 자동차는 가만 내버려두면 꿀짱아의 교육 아우토반을 무제한 속도로 질주하고자 했다. 꿀짱아의 스케줄을 잇기 위해서 내가 할 수 있는 거의 모든 노력을 다 쏟아부어야 했다. 그 결과 꿀짱아가 고3이 되었을 때 나는 인생 최대로 바쁘고 정신없이 살게 되었다. 신작을 쓰면서 다섯 개의 독서클럽을 운영했고 라디오 방송에도 나갔으며 이사와 인테리어 공사를 했고 다도와 식물 가꾸기라는 새로운 취미 생활까지 시작했다. 꿀짱아의 입시가 끝난 후 나는 큰 한숨을 돌리며 나에게 버거웠던 많은 스케줄들을 절반가량 정리했다.

내가 가장 좋아하는 교육 격언은 '아이는 부모의 빈틈에서 자란다'는 것이다. 내 경험으로 볼 때 그것은 정말로 그랬다. 우리 엄마는 내가 고등학교에 진학하던 겨울방학에 '이제는 정말 진지하게 공부할 때가 되었다'고 선언하고 내가 좋아하던 책들을 싹 정리해서 방을 비운 뒤 산더미 같은 문제집을 안겨 집어넣었다.

드러내놓고 반항하지는 못했으나 역시나 사춘기였던 나는 긴 겨울방학 내내 아침부터 저녁까지 문제집만 풀면서 지내야 한다는 결정을 순순히 받아들일 수 없었다. 소중히 여기던 책들이 다 사라진 것도 충격적이었다. 나는 결코 공부하고 싶지 않았다. 하지만 방에는 문제집뿐 아무리 뒤져도 따로 놀 만한 것이 없어서 낙담했는데, 엄마가 책꽂이를 싹 비우다가 너무 힘들었는지, 설마 저것을 읽을 리는 없다고 생각했는지 낡은《토지》30권이 덩그러니 꽂혀 있었다. 내가 그 겨울방학 동안 무엇을 했겠는가? 그렇다. 이전까지 한 번도 열어볼 생각을 한 적 없던《토지》30권을 독파했다. 길상이와 서희가 용정의 북풍 속에서 사랑하던 그 이야기들을 두 달 동안 읽고 또 읽고 또 읽었다. 책을 좋아하기는 했으나 탐정물이나 연애소설류에 탐닉했을 뿐 한국문학을 진지하게 대면해본 적은 없었던 나에게 전설적인 대하소설을 만난 그 겨울방학은 분명 중요한 전환점이 되었다. 훗날 소설가라는 직업에 이르게 된 결정적인 순간을 꼽으라고 하면 나는 텅 빈 책상의 낡은 《토지》에 반항심 가득한 눈길이 닿았던 그 순간을 떠올린다.

나는 엄마가 내 몫으로 공들여 가꾼 기름진 푸른 목장을 마다하고 거의 존재하지 않는 바늘구멍 같은 빈틈을 찾아내 그곳에 뿌리를 내렸다. 이 일은 "아이는 부모의 빈틈에서 자란다"라는 격언의 중요한 예화로 꼽힐 만할 것이다. 나는 그 일을 몸소 겪었고, 꿀짱아에게도 분명 그런 일이 일어날 것이라고 믿는다. 나는 꿀짱아가 성공적인 삶을 살기를 간절히 소망하지만, 그 아이는 지금의 내가 전혀 상상하지 못하는 낯선 터전에 뿌리를 내릴 것이다. 젊은이가 낯선 세계에 용감하게 도전하는 것은 비극이나 위험이 전혀 아니며 이 세상을 더욱 풍성하고 아름답게 만드는 축복이다. 그러니 내가 꿀짱아의 미래에 대해 별다른 계획과 준비를 하지 않는 것은 역설적으로 꿀짱아가 뿌리 내릴 터전을 더욱 넓게 해주는 일이 될 수 있다.

《설이》의 뒤표지에 쓰인 문장을 보면서 크게 당황하고, 이미 서점에 나온 책의 표지를 이제 와서 바꿀 수는 없는 일이라고 얼른 체념했지만 특유의 집착으로, 그렇다면 어떤 단어로 바꾸는 것이 가장 좋겠는가 생각하기를 멈출 수가 없었다. 며칠이나 고민한 끝에 결국 나는 원점으로 돌아왔다. 허술하고 허점투성이인 부모. 그것은 나의 마음속 깊은 곳에서 솟아오른 진심이었던 것이 분명했다. 첫째도 허술하고 둘째도 허술할 것. 아무리 생각해도 좋은 부모가 되기에 이것보다 중요한 것은 없는 것 같았다. 아이는 부모의 빈틈에서 자라기 때문에.

12.

최선이라는 환상

꿀짱아가 중고등학교 시절을 보낸 5, 6년간은 아이
의 공부 문제가 가족 간의 항시적인 갈등의 지뢰로 발
밑에 매복되어 있는 것 같았다. 언제 어떻게 터질지 알
수 없이, 잘하면 잘하는 대로, 못하면 못하는 대로 항상
갈등과 불만이 삐죽삐죽 고개를 내밀었다. 같은 기간
동안 나에게도 흔히 '블록현상'이라고 부르는, 글 막힘
현상이 찾아왔다. 작가로서 커리어의 정점이 되어야 할
사십 대 초중반의 길고 생산적인 시간에 나는 거의 한

글자도 쓰지 못하고 꽉 막혀버렸다.

그 시기의 내 상태를 돌아보면 전형적인 우울증이라고 할 만했다. 세상이 온통 잿빛이었고 모든 노력이 무의미하게 여겨졌다. 힘을 내려고 노력하다가도 '이래봤자 무슨 소용 있나' 하는 무력감이 들었고, 노력의 결과가 실망스러울 때면 '이러려면 하지도 마! 다 집어치워!' 하고 무시무시하게 다그치는 내면의 목소리에 쫓겼다. 내 마음은 '이러려면 하지 마'와 '이래봤자 무슨 소용 있나' 사이를 고통스럽게 오갔다.

작품 활동이 벽에 부딪혔을 뿐, 일상생활은 겉보기엔 무탈했다. 친구들도 활발하게 만나고 집안일도 이전과 다름없이 유지되었다. 남들이 보기엔 평온하고 즐겁게 보내는 것 같았을 것이다. 나의 황폐해진 내면은 밖으로 거의 티가 나지 않았는데, 딱 하나 눈에 보이는 증상이 있었다. 나는 휴대폰 게임에 푹 빠졌다.

나는 하루 종일 휴대폰을 움켜쥐고 살다시피 했다. 성난 새를 날리고 반짝이는 보석들을 부쉈다. 단순하고 반복적인 게임이었지만 도무지 헤어날 수 없었다. 몇 년 동안 그러고 살았더니 어디서도 듣도 보도 못한 레벨까지 도달했다. 시력이 나빠지고 안구가 메마르고 목이 뻣뻣하고 손목과 팔꿈치까지 아팠지만 나는 휴대폰을 놓지 못했다. 지겨워! 미치겠어! 그만하고 싶어!라고 속으로 외치면서도 막상 한 판을 깨면 다음 판으로 넘어가지 않고서는 배길 수가 없었다.

국내 최강 바른 생활 유단자인 남편은 하루 종일 눈알이 빠지도록 휴대폰 게임에 몰두하는 나를 이해하지 못했다. 특히 한창 공부할 나이인 딸 앞에서 엄마가 게임에 빠져 있으면 자식에게 안 좋은 영향을 미친다고 매섭게 다그쳤다. '부모라면' '엄마라면' 하는 말 앞에서 나는 한없이 작아졌다. 욕을 먹어도 싸다고 생각하면서도, 속으로는 무척이나 억울했다. 나는 무언가를 힘들게 견디고 있는데, 그걸 아무에게도 설명할 수가 없었다.

돌이켜보면 이전에도 나는 한 번 게임에 빠진 적이 있었다. 대학교 3학년 때, 페르시아 왕자라는 로맨틱한 모험 게임에 빠져서 치트키 한번 쓰지 않고 최종 레벨까지 돌파했다. 그 게임에 3학년 겨울방학을 몽땅 바쳤고 4학년 학점은 바닥으로 내려갔다. 졸업조차 위태할 뻔했는데 교수님께 졸업 학번이니 F만은 면하게 해달라고 애걸했던 흑역사를 생산하고 간신히 졸업했다.

그때나 지금이나, 내가 게임에 빠져 있다는 것은 내가 모종의 고통에 빠져 있다는 뜻이었다. 집이 망한 것도 아니고 가족을 잃은 것도 아닌데! 하는 식의 비난 섞인 충고 앞에서는 할 말이 없다. 하지만 나의 고통은 생생한 현실이었고 그 시기 나라는 인간을 구성하는 가장 중요한 요소였다. 얼굴로는 낄낄거리고 있지만 실은 울고 있는 것이나 다름없었다. 그 커다란 괴리를 아무에게도 이해시킬 수 없었다. 사람에게 게임 중독이라는 병이 있다면, 그것은 무언가의 결과라고 생각한다. 보이지 않았지만 먼저 좌절과 고통이 있었을 것이다.

그렇다면 지금 그토록 많은 청소년들이 휴대폰 게임에 빠져 있는 것도 그렇게 해석할 수 있을까? 그들도 어떤 좌절과 고통을 견디기 위해 게임으로 도피하는 것일까? 나는 그렇다고 생각한다. 가족이나 성적이나 친구관계 등 학교생활에 별 문제가 없어 보이는 아이라도 그럴 수 있다. 이미 '학교생활' 그 자체가 굉장히 심한 스트레스 상황이다. 많은 아이들이 중, 고등, 대학교 생활을 마치고 나서 홀연히 잠에서 깨어나듯이 게임 어플을 지운다.

어느 날 노트북의 글자들이 지진이라도 난 것처럼 와들와들 떨리더니 산산이 부서져 날아가버렸다. 물론 노트북의 글자들은 아무 문제 없이 그 자리에 잘 있었다. 내 뇌가 글쓰기를 격렬하게 거부하면서 그런 환각을 불러왔을 뿐이다. 믿을 수 없이 눈앞에서 부서져 날아가는 글자들을 보면서 나는 속으로 외쳤다.

'어! 이건 난독증인데!'

나의 첫 소설 《나의 아름다운 정원》에서 주인공 소년 동구는 난독증을 앓았고 초등학교 4학년이 되도록 한글을 읽지 못했다. 그 소설을 쓸 때 나는 도서관을 뒤져가며 난독증이라는 신기한 병을 공부했다. 그때 알아두었던 난독증의 증세가 나 자신에게 일어나고 있었다. 그 순간 잠시 놀람이나 두려움을 잊고 무척 신기하게 여겼던 기억이 난다. 세상에, 이게 난독증이야! 내가 난독증이었어!

그날 이후로 나는 내가 게으른 것이 아니라 아프다는 것을 이해했다. 말하자면 나는 부러진 다리로 축구를 하려고 애를 써왔던 셈이다. 다리가 부러진 사람에게 필요한 것은 훈련이 아니라 휴식이다. 부러진 뼈가 붙을 시간을 주고 섬세하게 보살펴야 한다. 나는 나 자신에게 필요한 것이 무엇인지 비로소 깨달았다. 나를 고통스럽게 했던 것은 상처가 아니라 부상에 가까웠고 후유장애라고 불릴 만한 것을 남겼다.

글을 쓰지 못하는 것이 게으르거나 의지가 부족하기 때문이라고 나 자신을 비난하던 것을 멈추고, 실제로 나에게 도움이 될 만한 일들을 찾기 시작했다. 먼저 눈을 무척 고통스럽게 하던 게임 앱을 지웠다. 몇 번 다시 설치하고 빠져들기도 했지만 어쨌거나 지금 내 폰에는 게임 앱이 없다. 그렇다고 해서 곧바로 생산적인 글쓰기로 돌아가지는 못했다. 싱치는 그렇게 동화처럼 아름답게 낫는 것은 아니었다.

나는 내가 왜 게임에 빠졌는지 곰곰 생각했다.

답은 쉬웠다. 재미있으니까! 즐거우니까!

그렇다면 그 재미와 즐거움은 무엇을 위한 것일까?

고통을 잊을 수 있으니까. 고통을 잊고 잠시라도 웃을 수 있으니까.

오랫동안 게임에 빠졌던 나는 그렇게 해서라도 웃고 싶었던 것이었구나. 그 사실을 깨닫고, 나는 게임 말고 다른 '웃을 수 있는 일들'을 찾기로 했다. 나는 어미 잃은 새끼 고양이들을 데려다 분유를 먹여 키웠고, 레시피를 엄격하게 지켜야 하는 복잡한 요리에 도전했고, 아름다운 식물들을 데려와서 집안을 초록초록하게 가꾸기 시작했다. 모두 예민한 감각과 섬세한 손의 움직임을 필요로 하는 일들이었다. 나는 그런 일들을 사랑하는 사람이었다. 고양이와 식물들을 돌보고 근사한 음식들을 차려내며 어느새 입이 찢어지게 웃고 있는 나를 발견했다.

'글을 쓰지도 못하면서 웃음이 나와?' 또는 '그래봤자 소용없어'라고 울부짖던 내면의 목소리가 거의 옹알거리는 정도로 쪼그라들었다. 그 가증스러운 목소리를 내는 존재가 아마도 악마일 거라고 생각했는데, 내 마음이 밝아질수록 그가 분명히 내 눈치를 보며 목소리가 쪼그라드는 것을 눈치 챌 수 있었다. 악마가 내 눈치를 보다니! 사람 눈치를 보는 악마도 있나? 어쨌거나 그는 우주를 덮을 만큼 강하고 큰 존재는 아니었다. 내 마음이 밝아질수록 눈치를 보며 목소리에 자신감을 잃는 그런 찌질한 존재였다. 나는 그와의 관계에서 차츰 대등해졌고 점점 더 그를 이겨내기 시작했다. 그렇게 시간을 보내며 나는 천천히 회복의 길을 걸었다.

인생 최고로 고통스러운 시간을 견뎌내고 있었지만, 아이러니하게도 꿀짱아와의 관계에서는 굉장한 도움이 되었다. 공부하기가 너무 괴로워 미칠 지경인 꿀짱아의 모습이 고스란히 내 모습처럼 보였다. 책상에 5분 앉아 있는가 싶더니 어느새 냉장고에 코를 박고 있어도, 그

5분이 얼마나 힘들있을지 진심으로 이해가 되었다. 꿀짱아가 중요한 시험을 앞두고 휴대폰을 붙잡고 낄낄거리고 있을 때 나의 이해력은 우주의 절정에 닿았다. 휴대폰을 붙잡고 낄낄거리는 저 사람이 실은 커다란 고통을 이겨내기 위해 몸부림치고 있는 중이라는 사실을 나는 세상 누구보다도 완전하게 이해했다.

그리고 열심과 최선이라는 것에 대한 생각도 바뀌었다. 이전까지 나는 열심히 최선을 다한다는 것을 '책상 앞에 바른 자세로 앉아서 두 시간 이상 소설을 쓴다'와 같은 말이라고 생각했다. 하지만 우울증과 난독증을 양손의 떡처럼 쥐고서 그런 식의 열심과 최선을 다할 수는 없었다. 그 시기 나는 하루 5분조차 노트북 앞에 앉아 있기 힘들었으므로 그동안 가졌던 열심과 최선의 기준을 대폭 하향 조정하는 수밖에 없었다.

하루 다섯 줄! 그렇게 결심했다. 하향 조정이 아니라 파산이나 몰락에 가까웠지만 어쩔 수 없었다. 실은 그것조차 잘 되지 않아서 추가 완화 조항을 덧붙여야 했다. 아무렇게나!

아무렇게나 하루 다섯 줄. 그것이 내가 도달한 최종 지점이었다. 춤을 추는 노트북 화면을 보면 비명이라도 지르고 싶어서 눈을 질끈 감았다. 도저히 모니터를 볼 수가 없어서 눈을 감고 타이핑을 했다. 눈을 떠보면 오타로 가득한 몇 줄이 괴발개발 내질러져 있었는데, 우스꽝스럽게도 난독중인데도 오타는 눈에 잘 보여서 고칠 수는 있었다. 맞는 글자가 거의 없는 다섯 줄을 눈감고 쓰고 틀린 글자 고치기. 그런 상태로 무언가 고차원적인 기량을 발휘할 수는 없었다. 말 그대로 아무렇게나 다섯 줄이었다. 그런 식으로 소설《설이》를 썼다.

그때 가장 많이 했던 혼잣말은 "이게 최선이다"였다. 뭘 쓰는지도 모른 채 눈을 질끈 감고 개발새발 다섯 줄을 부리나케 써갈긴 다음 노트북에 오물이라도 묻은 듯 책상을 떠나서 세상에서 가장 위대한 일을 해낸 것처럼 곧바로 냉장고에서 먹을 것을 사냥해서 휴대폰을 쥐고 누워 킬킬거리는 것이 그때 나의 최선이었다. 누군가 나에게 열심히 좀 해라, 최선을 다하라고 잔소리를 했다면 나는 울며불며 이게 나의 최선이다 내가 지금 얼마나 열심히 하고 있는지 알기나 하냐고 길길이 날뛰었을 것이다. 말하자면 그때 나는 사춘기 청소년과 완전히 똑같은 상태였으므로 꿀짱아와 사이좋게 지낼 수 있었다. (남편은 지옥 같았을 것이다.)

그건 변명이거나 궤변이 아니라 나의 진심이자 현실이었다. 우울과 난독을 거친 그 기간 동안 나는 최선과 열심이라는 것이 하나의 망상일 수 있다고 생각하게 되었다. 그가 지금 해낼 수 있는 만큼이 최선이고 열심이며 그 자체로 소중한 것이다. 겨우 다섯 줄? 아무렇게나?라고 비웃거나, 네가 지금 휴대폰 하는 시간에 글을 쓰라고 요구해서는 안 된다. 그것은 정말이지 어리석고 폭력적인 생각이다. 짧은 노력과 긴 휴식, 그것이 지금 그의 최선이며 가장 필요한 것이다.

또한 나는 웃고 있는 얼굴을 소중하게 여기게 되었다. 휴대폰 게임이라도 하면서 웃을 수 있다면 다행이다. 그조차도 하지 못하고 아예 웃음이 말살된 단계에 이르면 후회해도 소용없을 것이다. 그는 한심하고 생각이 없어서 휴대폰 게임을 하면서 웃는 게 아니라 온 힘을 다해 자신을 사랑하려 애쓰는 중이다. 그에게 지금 웃을 수 있는 일이라곤 휴대폰 게임밖에 없지만, 천천히 회복되면 다른 기쁨들을 찾아내려 노력을 기울일 것이다. 그사이 몇 년이 흐를 수도 있다. 많은 중요한 것들을 놓칠 수도 있다. 하지만 인생은 길고, 다른 기회들이 찾아올 것이다.

　이것은 모두 내가 직접 겪은 일이므로, 자신 있게 말할 수 있다.

13.

절반은 할머니

학부모 독서클럽에서 결과가 아니라 과정을 칭찬해야 한다는 것에 대해서 이야기하다가, 한 사람이 고통스러운 얼굴로 말했다.

"저는 솔직히 제 아이의 입시 결과에 만족하지 않아요! 그럼 저는 제 마음을 속이고 거짓말을 해야 한다는 말씀인가요?"

이런 어려운 질문을 받으면 나는 곰곰 생각한다. 할머니라면 이럴 때 어떻게 하실까? 내가 기대에 못 미치는 입시 결과를 받아들고 실망했다면, 할머니는 나에게 무어라고 말씀하실까?

할머니는 내 곁을 떠난 지 30년이 되었지만, 내 마음속에 남아 있는 할머니의 기억과 메시지는 너무나 분명해서, 이럴 때면 별다른 헷갈림 없이 할머니의 대답을 들을 수 있다. 할머니는 실망한 내 등을 어루만지며 이렇게 말씀하셨을 것이다.

"장혀."

입시를 잘 치르지 못하고 실망한 그 순간에 장하다는 말은 전혀 어울리지 않는 것 같지만, 이상하게 할머니와 나 사이에는 무척 잘 어울리는 말이라고 느껴진다. 내가 좋은 결과를 얻었더라도 똑같이 '장하다'고 하셨을 것이다. 생각해보니 성공하건 실패하건 할머니는 그저 장하다고 하셨던 것인데, 어느 경우에 사용되든지 힘을 발휘했다.

늘 그렇듯 할머니의 말은 짧고 단순했다. 별다른 부연설명 없이도 나는 그 '장하다'라는 말이 무슨 뜻인지 알아차렸다. 그동안 내가 보내야 했던 고된 시간과 남들은 모르는 나만의 고통들, 그리고 뜻대로 되지 않은 쓰라림을 견디고 있는 지금 이 순간까지를 모두 포함하여 위로하고 격려하는 말씀이었다.

"과정을 칭찬하라고 하는데, 그거야말로 어려운 일이에요. 왜냐하면 아이는 정말로 열심히 하지 않았거든요. 집중하지 않고 빈둥거리고 핑계 대고 심지어 열심히 했다고 거짓말까지 하는데, 대체 어떻게 칭찬을 할 수 있을까요?"

이 말에는 대체로 나도 공감하는 편이었다. 꿀짱아를 키우면서 저 아이가 지금 최선을 다하고 있구나,라고 확신할 수 있었던 장면은 기억 속을 아무리 뒤져도 없었다. 저 아이는 시험이 코앞에 닥쳤는데도 왜 열심히 공부하지 않을까? 왜? 아이가 공부하는 모습은 정말이지 두서없었고, 시간을 효율적으로 쓰지 못했고, 책상 앞에 앉아 있어도 집중하지 못하는 것 같았고, 귀를 막아버리고 싶을 만큼 내내 투덜거렸다.

어느 날, 동네 이웃이 길에서 나를 만나더니 반갑게

말을 걸었다.

"방금 도서관에 갔다 오는 길인데, 그 집 딸은 도서관에서 열공하더구먼요. 아유, 얼마나 기특한지."

반가운 말이었지만 솔직히 믿어지지 않았던 나는 좀 더 캐물었다.

"그래요? 열람실에서 공부하고 있던가요?"

"아니요. 식당에서 봤어요. 친구들이랑 밥 먹고 있더라고요."

그러니까 이웃이 본 것은, 내 딸이 도서관 식당에서 친구들과 김치볶음밥을 먹는 장면이었다. 그건 열공하는 게 아니잖아! 나도 모르게 맥이 탁 풀리는 기분이었다. 내 얼굴에 스쳐간 실망을 느낀 이웃이 가볍게 책망했다.

"시험 때 도서관에 가기라도 하는 게 얼마나 기특해요? 놀아도 도서관에서 놀면 예쁘지. 그런 딸이라면 매일 업고 다니겠구먼!"

그날의 대화로 나는 몇 가지를 깨달았는데, 첫 번째는 내가 '책상에 책을 펴놓고 앉아 있는 외형'만을 공부로 여긴다는 사실이있다. 나에게 공부의 기준은 매우 엄격해서 반드시 열람실 책상에 앉아 연필을 쥐고 있는 모습이어야만 했다. 서 있어도 안 되고 책을 읽어서도 안 된다. 반드시 책상에 앉아서 뭔가를 쓰고 있어야만 한다.

또 하나는, 꿀짱아가 했던 '시험 때 도서관에 간다'는 행동은 똑같은데 각 가정의 평가는 다르다는 사실이었다. 나는 도서관에 가더라도 식당에 있는 것만으로는 칭찬할 만하지 않다고 생각했고 나의 이웃은 그것만으로도 기특하다고 했다. 갑자기, 어린 시절 할머니가 말씀하셨던 '장혀'가 생각났다. 할머니는 내가 책상에 앉아서 공부하는 엄격한 기준을 만족시키지 않아도 언제든지 장하다고 했다. 내가 재밌거리 책들을 뒤적이며 즐거운 시간을 보낸 뒤에도 장하다고 하곤 했다. 그 시절 내가 즐겨 읽던 흥미 위주의 책들은 요새로 치자면 웹툰이나 다름없는 것이었지만 할머니는 그저 장하다고 했다. 다소 후하게 받은 칭찬에 좀 머쓱하기도 했고, 할머니는 정말 아무것도 모른다고 속으로 무시하기도 했다. 이제 와서 생각하면 할머니는 내 노력과 열심에 대한 기준이 정말 낮았다. 그리고 그건 정말 기분 좋은 일이었다.

지금도 할머니가 살아 계셔서 우리 집에 계셨다면? 할머니는 꿀짱아에게 틀림없이 장하다고 하셨을 것이다. 도서관 식당 김치볶음밥의 빨간 소스를 입가에 남긴 꿀짱아는 할머니가 장하다고 하는 말을 머쓱해하면서도 무척 기분 좋게 받아들였을 것이다.

문득 할머니의 기억들이 한꺼번에 몰려와서 가슴이 미어질 듯 차오를 때가 있다. 그날, 꿀짱아가 도서관에서 김치볶음밥을 먹었던 날 그랬다. 나에게는 인심 좋게 장하다고 말해주던 따뜻한 할머니가 곁에 있었는데, 꿀짱아의 곁에는 없다. 대체로 내 딸이 나보다 더 좋은 환경에서 자란다고 생각하지만, 이 문제에 있어서만은 한없이 열악하다. 꿀짱아에게는 '책상에 앉아 연필을 쥐고' 공부했는지를 꼬장꼬장하게 따지는 엄격하고 꽉 막힌 엄마뿐이다.

물론 꿀짱아에게는 나의 할머니만큼이나 너그럽고 따뜻한 조부모님이 네 분이나 있다. 나의 부모님들은 내가 어릴 때는 꽤나 엄격하고 까다로운 분들이었지만 손자녀들에게는 한없이 자애로운 조부모님들이 되셨다. 하지만 그분들은 꿀짱아와 함께 살지 않는다. 한집에 함께 살면서 순간순간 꿀짱아에게 한없는 관용과 지지를 베풀어주지 않는다. 꿀짱아와 함께 사는 것은 나와 나보다 더 엄격한 내 남편뿐이다.

　바로 그날 나의 육아에 중요한 전환점이 찾아왔다. 꿀짱아에게 함께 사는 할머니가 없다는 것, 그것이 의미하는 거대한 빈 구멍을 내가 인식한 날이었다. 아이들에게는 무턱대고 믿어주고 기특하게 여겨주는 누군가가 절대적으로 필요하다. 예전에는 그런 존재들이 함께 살았는데 이제는 함께 살지 않는다. 내 딸에게 꼭 필요한 어떤 것이 없다면, 내가 그 존재가 되어야 한다. 나는 꿀짱아의 엄마지만, 절반은 할머니가 되어야 함을 깨달았다.

　할머니처럼 아이 키우기는 쉽기도 하고 어렵기도 했

다. 내가 할머니라면? 일단 비대하게 작동하는 지능을 절반쯤 꺼야 한다. 자식 문제에서는 머리를 쓰는 것보다 안 쓰는 것이 더 어렵다. 머리가 자동으로 빛의 속도로 돌아가기 때문에 그걸 멈추기 위해 엄청난 에너지가 필요했다. 비행기가 착륙할 때 속력을 줄이기 위해 역추진을 하는 것만큼이나 야단스러운 정지 과정이었다.

꿀짱아의 가정통신문과 교과 진도 등도 '할머니가 알 만큼만' 머릿속에 집어넣기로 했다. 이것저것 빵꾸가 나기 시작했고 남편과 꿀짱아가 당황스러워하는 순간들이 생겼다. 하지만 꿀짱아는 허술한 엄마에게 아주 쉽게 적응했고 모종의 파이팅을 발휘해 제 할 일들을 해냈다. 아무래도 내가 관리할 때보다는 두서없고 효율이 떨어졌지만 효율 대신 자발성을 얻었다.

할머니가 늘 하시던 '장혀'를 연습해서 내 입에 붙였다. '시험 공부는 안 하고 신경질만 잔뜩 부린' 저녁에 아무렇지 않게 "애썼어"라고 말할 수 있게 되었다. 처음에는 입에서 떨어지지 않는 것을 억지로 어색하게 말했는데, 말하다 보니 꿀짱아의 신경질이 힘듦의 다른 표현인 것을 이해하게 되면서 점점 진심이 되어갔고 자연스러워졌다. 할머니가 쓰시던 사투리 그대로, 장혀, 라고 말하기도 했는데 그것은 꿀짱아와 내가 공유하는 은밀한 사랑의 코드였다. 꿀짱아는 내가 '할머니 같은 엄마'가 되기 위해 노력하고 있는 중인 것을 이해했고 발연기가 어색해도 그것이 내가 주는 사랑임을 기분 좋게 받아들였다.

지금은 할머니의 그 허술한 '장혀'가 바로 '과정을 칭찬하는 것'이었다고 생각한다. 뭘 잘했다는 칭찬이 아니라 괴로운 시간들을 견뎌낸 것이 장하다는 소중한 인정이었다. 부모님이 보기엔 겨우 빈둥거리고 신경질 부리면서 하루를 보냈을 뿐이지만 할머니가 보기엔 해야 할 많은 일들과 뜻대로 되지 않는 나 자신 사이에서 부대끼며 보낸 힘든 시간이었다. 나 자신도 만족스럽지 않았던 울퉁불퉁한 시간을 보낸 뒤에 할머니가 '장하다'고 하시면 까칠했던 마음의 결이 나도 모르게 부드럽게 가라앉았다.

오십이 된 지금에도 할머니가 나에게 "장혀"라고 말씀하시던 생각을 하면 마음이 따뜻해진다. 할머니의 '장하다'는 어른이 되어가는 사춘기 청소년기의 부대낌이나 입시 같은 특정한 일들을 넘어서 살아간다는 것의 고달픔을 모두 포함하는 것이었나 보다. 할머니가 특별히 눈이 밝아서 나의 고통스러운 순간들을 낱낱이 목격했던 것은 아닐 것이다. 그저 긴 인생을 먼저 살아가신 현명한 한 어른으로서, 살아간다는 것이 통째로 힘들고 고통스러운 일이니 내 눈앞의 너 또한 힘든 순간이 있었을 것을 미루어 아셨을 것이고 각자의 길 앞에 놓인 장애물을 건너뛰기 위해 발버둥친 너의 보이지 않는 노력들이 장하다고 말씀하셨을 것이다.

할머니의 삶은 을사조약이 체결되던 1905년에 태어나 고아로 자라고 일찍 남편을 잃고 가난 속에서 홀로 네 자녀를 키우며 일제강점기와 해방과 6.25와 이후의 모든 혼란과 격변기를 하나도 빠짐없이 겪어내는 일들을 포함했다. 그분이 겪어냈던 인생과 비교하자면 그분의 자녀와 손자녀들의 삶은 훨씬 더 윤택하고 안정된 삶이었다. 하지만 할머니는 '너희들은 편한 줄 알아라'라는 식으로 말한 적이 없었다. 어느 친구의 집에 놀러갔다가 그 댁 할머니가 "그깟 핵교 댕기는 게 뭔 고생이여, 호강에 겨워서"라고 하는 걸 듣고 깜짝 놀랐던 기억이 있다. 모든 할머니들이 똑같지는 않다는 것을 그때 알았다. 나의 할머니는 노년의 안온함을 감사하게 즐기셨지만 겉보기엔 평화로운 자손들의 일상 속에도 숨겨진 고달픔이 있음을 잊지 않았다.

그게 할머니가 말씀하신 "장하다"의 의미였고, 나는 그 말씀을 소중히 받아서 꿀짱아에게 전해주었다.

14.

내가 만만해?

데이비드 기펄스의 《영혼의 집 짓기》(다산책방 2020)를 읽었다. 제목에서 이사벨 아옌데의 《영혼의 집》을 연상했던 것이 분명하다. 처음 책을 열 때 기분이 무척 좋았다. 나는 이 책이 집 짓기에 대한 책인 줄 알았다. 팔십 대 아버지와 중년 아들이 숲속에 아늑한 오두막을 짓는 이야기라고 생각했다. 뾰족뾰족한 침엽림과 사슴과 여우, 나무 위의 집, 그런 것들을 떠올렸던 것 같다. 하지만 내가 예상했던 것과는 전혀 다른 책이었다. 이

책은 '관'을 짜는 일에 대한 이야기였다. 그러니까 영혼의 집이란 것이 알고 보니 관을 말하는 것이었다. 목공 솜씨가 뛰어난 팔십 대 아버지가 오십 대 아들의 관을 짜주는 이야기.

다소간 어리둥절한 기분으로 책을 읽다가, 나는 꿀짱아와 둘이 먹는 조촐한 점심을 차렸다. 코로나 팬데믹이 한창인 시절이었고 그 무렵 나는 온라인 수업을 하는 꿀짱아와 함께 점심을 먹을 때가 많았다. 볶음김치와 장조림 정도로 초간단 점심식사라서 차릴 것도 치울것도 없었다. 깔끔하게 먹어치운 빈 그릇 몇 개를 보면서 나는 이날이 딸에게 설거지를 시키기 좋은 날이라는 생각을 했다.

"너 오늘 설거지해라."

"아 왜."

"한참 안 했잖아. 설거지 좀 해."

"나 오늘 바쁜데."

"바빠도 좀 해. 그릇 요거 몇 개만 씻으면 되는데."

흔히 벌어지는 모녀간의 설거지 미루기 옥신각신이

벌어졌고, 꿀짱아는 설거지를 하기 싫었으나 겨우 그릇 몇 개뿐이라는 말에 꾹 참기로 했다. 그러나 꿀짱아는 싱크대에서 도마와 냄비를 더 발견하고 말았다.

"엄마, 뭐야! 그릇 몇 개뿐이라더니 여기 냄비도 있잖아!"

"어, 그러네. 냄비가 있었네."

"엄만 맨날 그래! 처음엔 요것만 하면 된다고 해놓고 자꾸자꾸 더 주잖아!"

"냄비 하나 가지고 뭘 그래? 그냥 해."

"엄만 왜 맨날 속여."

"내가 뭘 속였다고 그러니?"

"엄만 내가 그렇게 만만해?"

불어난 설거지를 놓고 우리는 까칠해졌고 정색하고 맞받았다가는 오후 내내 기분을 망치게 될 것이 뻔해서 나는 적당한 농담으로 김을 빼기로 했다.

"너 '내가 만만해?'라는 말이 영어로 뭔지 아니?"

"영어로 뭔데?"

"Do I look like water?(내가 물로 보여?)"

그 무렵 사춘기의 한중간을 넘기고 있던 친구 아들이 했다는 농담이었다. 우리는 빵 터져서 함께 웃었고 꿀짱아는 더 이상 투덜거리지 않고 내가 물이지 하면서 설거지를 말끔히 끝냈다. 그만하면 평화로운 마무리였다. 하지만 꿀짱아가 깨끗이 씻어놓은 그릇들을 보면서 나는 뒤늦게 혼자 열을 내기 시작했다. 기집애, 그깟 냄비 하나 가지고, 뭐? 내가 만만하냐고? 너야말로 내가 만만하냐?

오십 대에 갓 접어든 데이비드 기펄스는 오하이오주의 예술가이자 대학 교수로 행복하고 활기찬 삶을 살아가고 있었다. 발밑에서 구덩이가 허물어지듯 일상이 뒤흔들리는 큰 사건들이 연달아 일어나기 전까지.

제일 먼저 절친하던 큰아버지가 세상을 떠났다. 그리고 어머니가 2년간의 투병 끝에 그 뒤를 따랐다. 어머니가 떠난 지 일주일 만에 데이비드는 한평생의 단짝 친구였던 존마저 식도암으로 잃는다.

팔십 대에 이른 데이비드의 아버지는 이미 후두암

선고를 받아 길고 고통스러운 항암을 거친 뒤였다. 다행히 아버지는 건강을 회복했지만 데이비드는 아버지가 노년에 접어들어 언제라도 그의 곁을 떠날 수 있음을 뼈저리게 실감하고 두려움에 빠진다.

언제나 활기차고 잠시도 가만있지 못하는 아버지는 아들에게 "이번에는 무엇을 만들고 싶으냐?"라고 묻는다. 아버지는 목공의 신이다. 혼자서 뚝딱뚝딱 계곡을 가로지르는 다리까지 놓는 실력자다. 아버지는 언제나 목공 솜씨를 발휘하여 네 자녀에게 순서대로 선물을 주는데, 누구나 감탄하는 아름다운 와인바라든지, 뒷마당의 패티오라든지, 여름날 호수에서 즐길 수 있는 카누 같은 것을 자녀와 함께 만들며 소중한 시간을 함께 보내는 것이 기펄스 가문의 전통이다. 돈을 주고도 살 수 없는 아름다운 것들이기에 4남매는 아버지에게 받을 선물을 어린아이처럼 기대한다. 그리고 이번에는 데이비드의 차례인 것이다. 데이비드는 아버지에게 함께 만들고 싶은 것을 말한다.

"관을 만들고 싶어요."

"관?"

"네. 관은 사람의 영혼이 깃드는 집이잖아요. 제가
죽을 때 들어갈 관을, 파는 것 말고, 아버지와 함께 만
들면 의미 있을 것 같아요."

"흠. 흥미롭구나. 나도 관에 대해서는 아무것도 모르
니 함께 읍내의 장의사에 방문해서 견학을 해보자."

그렇게 아버지와 아들은 장의사를 방문해 관의 구조
와 사이즈를 연구하고, 함께 관을 만들기 시작한다.

여기까지 읽으면서 나는 좀 기가 막혔다. 여든이 넘
은 아버지에게 쉰 살 아들이 자기가 쓸 관을 만들어달
라니, 이게 말이 되나?

말하자면, 이런 식인 것이다. 나는 지금 여든 살이다.
2년의 투병 끝에 남편도 세상을 떠났고 나 자신의 항암
치료가 방금 끝난 참이다. 그런데 쉰 살 먹은 꿀짱아가
오더니 말한다.

"엄마, 나 관 좀 만들어줘."

"관?"

"응."

"왜?"

"30년쯤 있다가 나 죽으면 쓰게. 내 영혼이 영원히 깃들 곳이잖아. 파는 것보다, 엄마가 만들어주면 더 의미 있을 것 같아서."

상상 속의 나는 더 들을 것도 없이 벌써 고래고래 고함을 질러대고 있었다.

"야 뭐가 어째? 나더러 니 관을 만들라고? 야! 넌 내 입장을 생각해보기나 했니? 나는 지금 여든 살이고 엊그제 과부가 됐고 방금 항암 치료 끝났고 언제 죽을지 몰라! 너보다 내가 더 큰일이야 지금! 그런데 나더러 니 관을 만들라고? 넌 내가 그렇게 만만해? Do I look like water?"

오후의 설거지 신경전이 떠오르면서, 아까 퍼붓지 못한 신경질을 상상 속의 꿀짱아에게 퍼부어대다가, 다소간 난삽하고 이해할 수 없이 느껴지던 데이비드 기펄스의 이야기가 문득 다르게 보이기 시작했다.

데이비드 기펄스는 관을 만들어달라는 말이 늙은 아버지에게 줄 충격이나 공포에 대해서는 조금도 생각하지 않았다. 그러니까 그는, 아버지가 "뭐 이 자식아? 관?" 하고 화를 낼 것이라고는 단 한 번도 생각해본 적이 없는 사람인 것이다.

그는 이날까지 아버지 입장에서 문제를 생각해본 적이 없는, 나이를 오십이나 먹었으나 아버지와의 관계에서는 다섯 살이나 다름없이 순진하고 자기중심적인 철부지 어린애다. 자기가 쓸 관을 만들어달라는 그의 말은 인문학적 자의식이 과잉된 오십 대 중산층 백인 남자 버전의 "아버지, 나 무서워요. 큰아버지와 어머니와 50년 베프까지 저를 떠났어요. 이제 아버지까지 잃게 될까 봐 너무너무 두려워요. 아버지, 나 좀 위로해주세요, 이 공포에서 헤어날 수 있도록 제발 좀 도와주세요."라는, 철부지 같은 호소이자 응석이라는 사실을 깨달았다.

그리고 아들에게 그토록 절대적인 신뢰와 이해의 아이콘인 아버지는 역시나 아들의 보이지 않는 호소를 찰

떡같이 알아들었다. 저 녀석이 겁을 잔뜩 먹었구먼. 그리고 함께 장의사에 가서 관 만드는 법을 연구해보자고 대답한다. 아버지는 아들의 죽음에 대한 공포를 누그러뜨리고, 죽음으로 이별할 수밖에 없는 인간의 운명을 받아들이는 과정에 담담하게 동행해준다.

이때까지 데이비드 기펄스의 시선으로 읽히던 책이 아버지 중심으로 바뀌면서 책은 아연 재미있어지기 시작했다. 솔직히 책의 상당 부분은 나에게 그리 흥미롭지 않았다. 각종 목공 기술이나 목공 도구, 오하이오의 예술가들에 대해서 나는 별 관심이 없기 때문이다. 하지만 아들에게 그토록 절대적인 의지가 되어주는 아버지에 대해서라면 나는 탐욕스럽게 읽을 준비가 되어 있었다. 그런 어른들은 너무나 아름다운 존재들이고, 나의 할머니를 생각나게 하며, 먼 훗날 내가 그 발끝이라도 따라가기 위해서 오늘부터 악착같이 흉내라도 내봐야 하는 소중한 롤모델들이기 때문이다.

대인배 아버지가 베푸는 무한한 관용 속에서 데이비

드 기펄스의 마음은 천천히 가라앉기 시작한다. 죽음과 이별의 공포를 마주하기 힘들어, 데이비드는 함께 관을 만들겠다고 해놓고도 아버지를 한정 없이 기다리게 하며 뭉기적거린다. 1년 반이 넘도록 지체한 끝에 마침내 제작된 데이비드의 관은 그저 관일 뿐이다. 커다란 택배 상자가 현관을 막을 때 '저 관짝만 한 것을 왜 샀느냐'고 묻는 그 관이다. 만드는 과정에서 톱밥과 전기세가 대박이었고, 다 만들고 나니 저 커다란 것을 앞으로 30년 동안 어디다 두어야 하나 싶어 한숨이 나오는, 그저 우리를 둘러싼 많은 것들처럼 그의 자리를 차지하는 물건일 뿐이다.

나는 죽음은 나에게 뭔가를 가르치는 일에 관심이 없다는 사실을 깨달았다. 죽음은 이미 내 안에 있는 것들을 드러낼 수 있을 뿐이었다. 또한 나는 시간을 낭비해서는 안 되지만, 그렇다고 쉬지 않고 일하는 것이 시간의 가치를 높여주는 것은 아니라는 것을 깨달았고, 지혜라는 것은 평생 저지른 실수에 다름 아니라는 것, 살면 살수록 세상일에 대해, 특히 우리 자신에 대해 점점 더 잘 모르게 된다는 것, (…) 그리고 어떤 노래들의 경우, 그 노래들을 듣는 게 너무 마음 아파 듣지 않는다고 해서 그 노래들이 마음을 덜 아프게 하는 것은 아니라는 것 등을 깨달았다. (329-333쪽)

아버지는 데이비드의 관 제작 작업을 마무리한 뒤에, 네 것을 한번 해보았으니 내 것은 아주 잘할 수 있다고 흡족해하며 스스로 누울 관을 말끔하게 제작하고, 오래 기다리던 데이비드의 《영혼의 집 짓기》 초고를 기쁘게 읽은 후, 데이비드와 그 형제들과 수많은 자손들의 사랑과 눈물 속에서 행복하게 눈을 감았다.

언제나 목표는 '할머니 같은 부모 되기'지만 막상 살다 보면 벽에 부딪힐 때가 한두 번이 아니다. 겨우 설거지에 냄비 하나 더 씻으랬다고 "엄마는 내가 만만해?" 같은 소리를 들으면 지금이 화내야 할 때인지 참아야 할 때인지, 설거지의 이치는 이러하다고 조근조근 가르쳐야 하는지, 더럽고 치사해서 내 손으로 쿵쾅거리며 설거지를 해버려야 하는지, 할머니라도 이럴 땐 야단치지 않으셨을지, 훈육과 관용의 경계는 어디인지 별의별 생각이 다 몰려와 어질어질해지곤 한다.

하지만 《영혼의 집 짓기》 같은 책을 읽고, 세상에는 아버지 나 관 짜주세요 같은 소리를 하는 얼빠진 아들도 있구나 하고 놀라고, 내가 어릴 때 할머니한테 했던 온갖 시건방진 만행들을 떠올리며 할머니는 그럴 때 어떻게 하셨더라 곰곰 생각해보면, 아무리 이 잡듯 기억을 뒤져도 그럴 때 내가 받은 것은 관용뿐이었다. 고모들은 내가 한결같이 할머니에게 최고의 사랑을 드린 세상 최고의 효손녀였다고 칭찬하기를 즐겨하지만 그것은 사실이 아니었다. 나는 할머니를 완전히 만만하게 보았고 사춘기에 들어서면서는 할머니에게 온갖 못된 소리들을 함부로 쏟아붓었다.

그럴 때 할머니는 내 버릇없음이 선을 한참 넘어도 잠시 실쭉한 표정을 짓는 것 말고는 아무 제재도 가하지 않았다. 그 잠시라 하는 것도 몇 분, 한두 시간, 한나절 반나절 지속되는 게 아니라 거의 그 자리에서 순간적으로 스쳐 지나가는 표정 같은 것에 불과했다. 그 표정도 불쾌함이나 분노, 내가 이번에 참아준다 하는 인내 같은 게 아니라 저거 또 왜 저래 하는 어이없음 쪽에 더 가까웠다. 그러니까 할머니의 감정은 사람의 감정을 측정하는 전류계에서 가장 작은 눈금을 부정의 방향으로 딱 한 칸 스친 다음 곧바로 영점으로 돌아왔다.

그러므로 잠시 후 할머니에게 미안한 마음이 들거나, 아니면 그런 반성조차 전혀 없는 뻔뻔함으로 할머니? 하고 부르면 할머니는 언제나 응, 하는 평온한 대답을 주었다. 나는 할머니가 그렇게 평온하게 대답할 것을 아주 잘 알고 있었으므로 할머니를 부르는 내 마음에는 불안함이나 죄책감이 전혀 없었다. 조금 전 우리 사이에 오간 못되고 버르장머리 없는 말들과 실쭉한 얼굴이 아예 없었던 것처럼 우리는 평온으로 곧바로 돌아갔다. 나는 그렇게 넘치는 관용 속에서 자랐고, 내 못됨에 대해서 별다르게 반성하지 않았다.

그런데도 나는 소시오패스가 되거나 반사회적 인성

179

을 키우지는 않았다. 야단맞거나 지적받지 않았으나 마음 깊은 곳에서 내가 잘못했다는 걸 스스로 알고 부끄럽게 여겼고, 어느 날 별다른 노력 없이 그런 점들을 고쳤다. 관용 속에서 배운 많은 일들이 그렇듯, 그 일은 거의 의식하지도 못할 만큼 매우 쉽게 이루어졌다.

나는 잘 자랐다. 나는 가족과 친구들, 동료들을 무척 사랑한다. 좋은 사람들과 매우 화목한 친목 그룹을 만들고 오래 유지하는 재주가 있다. 나를 고통스럽게 하는 사람을 멀리하고 나에게 힘을 주는 사람을 가까이한다. 사람을 믿고 좋아하고 좋은 관계를 형성하는 나의 기술은 스스로 생각해도 정상급이다. 지금의 이런 나와, 어린 시절 할머니에게 못된 소리를 톡톡 내뱉던 나는 거의 같은 사람이라고 생각할 수 없을 만큼 다르다.

할머니는 나의 못됨을 걱정하지 않았다. 누군가 저럴 땐 야단쳐야 한다고 주장하면 할머니는 대수롭지 않게 "애니까 그렇지"라고 하셨다. 이번에도 할머니가 옳았다. 그때 못되고 배배 꼬였던 나는 어린애였고, 어른이 된 다음에는 전혀 다른 모습이 되었다.

"할머니는 내가 만만해?"라고 했으면 할머니는 뭐라고 했을까? 할머니는 어이없다는 얼굴로 나를 한번 흘겨보고 방바닥을 훔치든가 텔레비전의 채널을 돌렸을 것이다. 그리고 다음 순간 내가 할머니?라고 부르면 응, 하고 평온하게 대답했을 것이다. 나는 그것을 실제로 겪은 것처럼 확실하게 안다. 어쩌면 나는 그 일을 실제로 여러 번 겪어놓고 그리 대수롭지 않다고 생각해서 기억에서 지웠을지도 모른다.

내가 살아가는 데에 가장 중요한 터전이 되어준 나의 할머니는 이 세상에서 가장 만만한 사람이었다. 그러므로 꿀짱아가 나를 만만하게 여긴다 한들 잘못된 것은 아무것도 없다. 오히려 아주 좋은 일이라고 반갑게 여길 만한 일일지도 모른다.

그러므로 꿀짱아가 엄마? 하고 나를 불렀을 때 나는 아주 평온하게 응, 하고 답할 수 있었다.

15.
고마운 무심함

포동포동하고 이루 말할 수 없이 예쁜 아기였던 꿀 짱아가 자라서 이십 대 아름다운 젊은이가 되기까지 나는 매우 중요한 사실을 눈치 채지 못하고 있었다. 어! 할머니도 뱀띠였는데! 하고 문득 깨달은 것은 극히 최근의 어느 날이었다. 무엇이든 얼토당토않게 할머니와 연관 짓기를 좋아하는 나로서는 무척이나 뒤늦은 깨달음이었다. 할머니는 1905년 을사년에, 꿀짱아는 2001년 신사년에 태어나 96년의 차이를 둔 띠동갑이다. 할머니의 한 조각이 조용히 내 곁에 돌아와 함께해 주신 것이 아닌가! 별것도 아닌 이런 발견도 나에게는 한참이나 행복할 만한 일이 된다.

어느 날, 뭔가 인쇄할 일이 있다며 잠시 내 노트북을 들여다본 꿀짱아가 물었다.

"엄마, 이거 뭐야? 대본 써?"

야동을 보다 들킨 것처럼 가슴이 쿵쾅거렸지만 아무렇지 않은 듯 대답했다.

"어.《설이》를 단막 드라마로 만들지도 몰라서."

"오오!"

꿀짱아는 반가운 표정으로 양쪽 엄지손가락을 한번 들어 보이고 제 인쇄물을 챙겨서 제 방으로 갔다. 나는 혼자 남아서 잠시 마음을 가다듬었다.

몰래 하던 작업이었다. 나는 이전에도 여러 번 드라마 작업에 도전했는데, 처음엔 거창하게 잘될 것 같았지만 몇 년이나 고생만 하고 결국 결과물 없이 끝났다. 나는 드라마 작업에 상처가 많았다. 다시《설이》를 드라마화하자는 제안이 들어왔을 때에도 기쁘기보다는 한숨부터 났다. 드라마는 나에게 왠지 안 될 일인 것 같았다.

막상 드라마 팀을 만나보니 희망적이었다. 제작진의 열의나 작품에 대한 애정을 볼 때 이번에는 틀림없이 잘될 것 같기도 했다. 무엇보다, 대본화 작업이 재미가 있었다. 활자가 아닌 영상으로 설이를 보여줄 수 있는 엄청난 기회가 찾아왔고 그 과정의 모든 고민들이 아기자기하게 재미가 났다. 드라마 따위에 더 이상 마음을 주지 않겠다고 야무지게 여미었던 마음결이 어느새 스르르 풀리고 나는 밤낮으로 대본 생각에 빠져들던 참이었다.

그런 와중에도 대본에 대해 아무에게도 말하지 않았다. 내가 다시 대본 작업을 시작했다는 것, 대본 만들기에 신이 나고 희망에 불탔다는 것을 누구에게도 알리고 싶지 않았다. 이전에 내 주변 사람들 모두에게 드라마에 도전한다고 동네방네 알린 결과, 언제 나오느냐, 아직도 안 되었느냐, 무엇이 문제냐, 안 되어서 어쩌면 좋으냐 하는 수많은 관심과 염려를 감당해야만 했고 주변 사람들의 그런 눈길이 일 자체의 성패만큼이나 나를 괴롭게 한다는 걸 이미 깨달았기 때문이다. 이번에는 영상이 TV 화면에 송출될 때까지 아무에게도 말하지 않고 입을 꾹 다물고 있을 생각이었다. 그런데 노트북 화면에 떠 있던 대본 작업을 꿀짱아에게 불시에 들킨 것이다.

우려했던 것처럼 《설이》 단막극 작업은 예상치 못한 장애를 만나 중단되었다. 나는 다시 한번 낙담한 한편 아무에게도 말하지 않은 것을 참 다행이라고 여기고 가슴을 쓸어내렸다. 주변의 관심과 애정이란 이렇게 양면적인 데가 있다. 사람은 관심과 애정 없이는 살아갈 수 없겠지만, 사실 마음을 굉장히 괴롭게 하는 어떤 것이기도 하다. 때로 사람들의 관심과 질문 공세는 일이 잘못된 것보다 더 괴롭게 여겨지기도 한다. 나를 좀 내버려줘! 아무것도 묻지 말아줘! 비명이라도 지르고 싶을 때가 한두 번이 아니었다. 조용히 살아가는 일개 작가인 나에게 향하는 이 작은 관심도 이렇게 괴로웠으니

일거수일투족이 중계되는 유명인들의 삶이란 세상 사람들의 거대한 관심을 견디는 것이 전부일 만큼 고통스럽겠다는 생각이 들기도 했다.

　본의는 아니었으나 대본에 대해 알게 된 꿀짱아에게는 일의 결말을 알려야 할 것 같은 괴상한 책임감이 생겨나서, 나는 드라마 작업이 중단되었음을 침통하게 알렸다. 꿀짱아는 신묘하게도, 대본을 처음 보았을 때와 거의 똑같은 반응을 보였다.

　"오오…."

　엄지손가락을 올리지는 않았으나, 어쨌든 그게 다였다. 좀 안된 표정으로 오오… 하고 중얼거리고 꿀짱아는 그냥 제 하던 일을 계속했다. 어쩌다 그랬느냐, 그러면 앞으로 어떻게 되느냐고 챙겨 묻지도 않았다.

　거의 무관심이나 다름없는 꿀짱아의 반응에 나는 기묘한 안도감과 편안함을 느꼈다. 내가 바랐던 것이 딱 저 정도의 반응이었다는 생각이 들었다. 나의 상처는 내가 돌볼 것이다. 누군가가 내 곁에 쭈그리고 앉아 내

벌어진 상처를 함께 응시하며 질문해줄 필요는 없다. 그저 내 사정을 듣고 끄덕여준 것으로 충분했다. 나를 이렇게 대해주는 상대에게는 숨기려던 마음까지도 털어놓고 싶어질 때가 있다.

따뜻한 기시감이 차올랐다. 이런 느낌. 무심함 속의 편안함. 이런 것은 전형적인 우리 할머니 식의 반응이었다. 할머니는 늘 이런 식으로 반응했다. 기쁜 일이 있다고 하면 활짝 웃었다. 속상한 일이 있다고 하면 약간 안된 표정으로 저런,이라고 하셨다. 전류계처럼 감정을 기록하는 계기가 있어서 그것으로 할머니의 감정을 측정했다면 바늘의 진폭은 놀랍도록 작았을 것이다.

할머니는 감정의 폭이 믿을 수 없이 작았다. 웃거나 시무룩하거나, 그 사이 어디쯤이었다. 소리 내서 깔깔 웃거나 화가 나서 소리를 지르는 할머니의 모습은 거의 상상할 수가 없다. 할머니와 함께한 20년 동안 거의 똑같은 얼굴만 보고 산 것처럼 느껴질 지경이다. 부모가 아이에게 풍부하고 다양한 감정을 보여주는 것이 좋지 않을까? 그럴지도 모른다. 나는 심리학이나 교육학 전문가가 아니다. 내가 가진 것은 양육받아본 경험과, 상대적으로 풍부하게 남은 어린 시절의 기억들뿐이다. 나는 내가 겪은 것에 대해서만 말할 수 있다. 경험자로서 말하건대, 할머니처럼 감정 표현이 단순하고 작았던 것은 매우 좋았다. 그때는 몰랐지만 지나고 나서 보니 절대적으로 좋게 작용했다.

환한 웃음과 시무룩한 한숨 사이 정도에 불과한 할머니의 작은 감정 표현은 알 수 없는 경로를 통해 내 마음을 안정시켰다. 아마도 모종의 동화(同化) 과정이었을 것이다. 울고불고 난리치다가도 할머니를 보면 그 속상한 얼굴 정도로 마음이 잦아들고, 좋아서 깔깔대고 흥분하다가도 할머니를 보면 또 그 환하게 웃고 있는 얼굴 정도로 마음이 가라앉는 식이다. 지나치게 예민해서 이 끝에서 저 끝으로 정신없이 치달리던 내 감정의 전류계는 할머니라는 거울을 통해 좀 더 느긋하고 묵직해졌다.

우리 인생에서 만나는 좋고 나쁜 일이라는 게 대략

심상한 범주에 있을 때가 많고, 또는 심하게 너울 지는 격랑을 만나더라도 내 마음은 어쨌거나 침착함을 유지하는 것이 좋다. 좋은 일은 활짝 웃고 힘든 일은 한숨 한번 쉬어 넘기는 할머니이 무심한 반응은 보이지 않게 나에게 스며들어, 나는 웬만한 일에는 침착함을 유지할 수 있도록 내 마음을 추스르는 기술을 가지게 되었다. 그 안정감은 내가 내 성격의 여러 면들 중에서 가장 다행스럽고 유용하게 여기는 것 중 하나이다.

살면서 무척 헷갈리는 것들 중 하나가 무관심과 무심이다. 이 두 가지를 정확하게 분별해낼 자신은 나도 없다. 네가 어찌되든 난 상관없다는 식이라면 무관심일 것이다. 그것은 섭섭한 반응이다. 상처가 되거나 심지어 모욕적일 수도 있다. 하지만 무관심의 반대인 관심이라고 해서 늘 좋은 것은 아니었다. 어쩌다 그리 되었느냐, 그래서 무슨 피해를 입었느냐, 앞으로 어떻게 할 것이냐, 대책은 있느냐, 이 일을 어쩌면 좋으냐 하고 끝없이 쏟아지는 격렬한 관심은 차라리 무관심이 낫다 싶을 만큼 고통스러울 때가 많았다. 그런 관심에는 서로 지켜야 할 경계를 침범하고 소통을 빙자해 상대의 상처를 마음껏 헤집는 잔인함과 몰지각함이 있다.

무심함은 그 중간 어디쯤의 기분 좋은 영역에 속한다. 그랬구나, 하는 정도의 반응일 것이다. 나에게 일어난 일을 들어주고, 고개를 끄덕여주는 것이다. 내가 더 말한다면 기꺼이 들어줄 것이고, 내가 입을 다문다면 캐묻지 않을 것이다. 사실 그것으로 충분하다. 대수롭지 않게 잊어주는 것도 생각보다 좋다. 애써 잊은 나의 상처를 굳이 꺼내 챙겨 묻는 배려는 고통스러울 때가 많다.

그래서 나는 드라마 작업이 중단되었다는 소식에 꿀짱아가 보인 적당히 무심한 반응이 좋았다. 표정과 짧은 감탄사 정도로 공감과 이해를 전달하는 저런 기술을 가진 사람들은 나에게 할머니를 떠오르게 한다. 할머니 같은 사람들의 소통 방식에는 최소한의 표현으로 상대방에게 최적의 편안함을 안겨주는 아름다운 맵시가 있다.

안타깝게도 할머니 같은 사람들은 가끔 둔감하거나 무디다는 오해를 받기도 한다. 사춘기의 들끓는 마음을 마땅히 발산할 곳이 없던 어린 나는 만만한 할머니에게 아무렇게나 퍼붓곤 했는데, 이런 식이었다.

"할머니는 아무것도 몰라?"

"할머니는 바보야?"

그러면 할머니는 딱한 표정으로 나를 보며 아무 말도 하지 않았다. 내가 견딜 수 없이 들들 볶으면 한번 흘겨보면서 원 애두, 하셨다. 나는 씩씩거리면서 내가 기분을 망친 이유가 모두 할머니가 둔하고 멍청해서 그런 거라고 속으로 결론 내릴 때가 있었는데, 그럴 때조차도 마음 깊은 곳에서는 스스로 알고 있었다. 할머니가 진짜로 아무것도 모르는 사람이 아니라는 걸.

실은 그 반대였다. 어릴 때 나는 내 감정을 밥 먹듯이 위장했다. 즐거운데 괴로운 척하고, 슬픈데 기쁜 척했다. 그런 위장술로 내 진짜 감정을 숨기는 게 그때는 중요하다고 생각했고, 그 기술로 나름 얻는 것들이 있었다. 그 위장이 통하지 않는 유일한 사람이 할머니였다.

할머니는 내가 기쁜 척하든 슬픈 척하든 아무 말도 하지 않았다. 내 속마음을 콕 찍어 말한 적은 한 번도 없었다. 하지만 할머니가 나를 보는 눈빛을 보면 마음 속 가장 깊은 곳을 쿡 찔리는 기분이었다. 할머니의 눈빛은 정확하게 저놈이 실은 속상해서 저러는구먼,이라고 말하고 있었다. 식구들과 친구들을 능숙하게 모두 속여 넘겼으나, 할머니만은 내 속마음을 훤하게 알고 있었다. 입으로는 아무 말도 하지 않으면서 뒤돌아선 등짝만으로도 네가 속상해서 나도 속상하다고 말하는 재주가 할머니에겐 있었다.

그렇게 귀신같은 데가 있으면서도, 할머니는 입을 꾹 다물고 아무 말도 하지 않았다. 둔하다느니 아무것도 모른다느니 하는 못된 소리도 못 들은 척 넘겼다.

지금 생각하면 할머니가 어떻게 그렇게 빤히 보이는 내 속을 한결같이 모른 체 넘겨줄 수 있었을까 싶다. 나 같으면 내가 아는 것들을 미주알고주알 말하고 싶어서 허파가 터졌을 것이다. 할머니는 자기가 둔하고 어리석어 보인다는 소리를 들어도 조금도 개의치 않았다. 그런 남들의 평가 따위는 애초 그분에게 중요하지도 않았다. 상처를 알아채지만 헤집지 않는 것, 알면서도 모른 체해주는 것, 억울한 오해를 받아도 대수롭지 않게 넘기는 것. 민감함과 대범함 사이에 묘하게 자리 잡은 할머니의 무심한 반응은 청천벽력 같은 큰일도 견딜 만한 작은 것으로 만들어주는 그런 힘이 있었고 할머니에게 그런 무심한 이해를 받고 나면 사납게 파도치던 내 마음은 거칠던 너울이 가라앉고 어느덧 평화로움 쪽으로 한 발짝 다가갈 수 있었다.

아직 어리고 미숙한 꿀짱아가 얼굴도 본 적 없는 할머니의 어떤 중요한 일면을 그대로 빼닮아 그분의 표정을 짓고 그분의 몸짓을 할 때, 나는 이루 말할 수 없이 커다란 행복감에 젖는다.

16.
기대와 격려의 두 얼굴

.

5년 동안 소설을 쓰지 못하고 내 마음이 힘들고 혼란
스러울 때, 많은 사람들이 마음을 다한 기대와 격려를
보내주었다. "너는 그동안 많은 일들을 훌륭하게 해왔
다. 네가 이번 어려움도 그렇게 잘 이겨낼 것이라고 믿
는다" 그런 이야기들이었는데, 모두 정직한 사랑을 담
은 따뜻한 말들이었다.

그런데 이상하게 그런 말을 들을 때마다 내 마음은
더 위축되고 두려워졌다. 심장이 죄어들고 숨이 턱 막

히는 느낌이었다. 난 못해! 난 못한다고! 당신들의 믿음을 배신하고 말 거라고!

너를 믿는다, 너는 이겨낼 수 있다는 말들이 내 귀에는 협박이나 학대처럼 들렸다. 나를 향한 기대와 격려가 협박이나 학대로 들리다니, 내가 피해망상으로 미친 것이 분명하다고 생각했다. 그 두려움을 내가 가장 믿는 베프에게만 살짝 털어놓아보았다.

"있잖아. 나는 사람들이 나한테 너를 믿는다, 너는 잘할 수 있다고 말하는 게 너무 두려워졌어. 그런 말은 정말 듣기 힘들고 심지어 상처가 돼."

친구는 내 말을 듣고 역시나 깜짝 놀랐다.

"뭐라고? 너를 믿는 사람들의 기대와 격려가 상처가 된다고?"

"응. 그런 말을 들으면 사실은 마음이 무거워져."

"대체 뭐지? 우리가 그동안 잘못한 건가? 우리가 사랑하는 사람들에게 기대와 격려를 하면 안 되는 거야? 그러면, 아무렇게나 막 살아라 그래?"

내 친구의 가장 좋은 점은 내가 하는 말과 행동을 상

담사의 눈으로 보지 않는다는 점이다. 만일 그녀가 매와 같은 상담사의 눈으로 나를 분석한다는 느낌이 들면 나는 내 마음을 숨길 것이다. 우리는 평소엔 어린 시절 친구로 만나고 놀고 대화하다가, "오늘은 상담사로서 얘기해줘"라고 요청하면 그제야 머릿속에 있는 지식과 경험들을 불러내 나에게 적용한다.

우리의 머릿속에는 사실 나의 문제보다도 우리 아이들의 모습이 어느새 자리 잡고 있었다. 성장의 단계마다 새롭게 힘들어하고 괴로워하는 우리 아이들에게 우리는 언제나 너는 잘할 수 있다, 너를 믿는다라고 말해 왔기 때문이다. 나 스스로 괴로움과 두려움을 느끼기 전에는 부모가 아이에게 이런 식으로 기대와 격려를 하는 것에 대해서 한 치의 의심도 없었다. 그런데 그런 기대와 격려에 어떤 폭력성이나 무신경함이 숨어 있었던 것이 아닌가 하는 의심이 갑자기 몰려들었다.

우리는 함께 산책길을 걸으면서 그동안 우리가 경험한 '기대와 격려'들을 소환하고 점검하기 시작했다.

나는 나에게 쏟아지는 기대와 관심들에 대체로 부응하며 살아온 편이었다. 학창시절에는 좋은 성적을 받았고 일류대학에 갔고 소설가가 된 뒤로는 좋은 작품들을 썼다. 너를 믿는다, 너는 할 수 있다는 말들을 충실히 입증하면서 살아온 인생이었다. 소설을 쓰지 못하는 막다른 골목에 부딪히면서 '너는 잘할 수 있다'는 말에 처음으로 의구심을 가지게 되었다. 실제로 주변의 기대에 부응하지 못할 것 같은 두려움을 느낀 것이 생애 처음이라고 할 만했다.

내가 좋은 성과를 내지 못해도 나는 여전히 나일까? 주변 사람들은 내가 더 이상 소설가가 아니라도 나를 사랑하고 환영할까? 언제나 성취해왔기 때문에 나는 이런 질문에 익숙지 않았다. 무언가를 잘해낼 능력과 자신감이 없는 상태에서 '잘할 것이라고 믿는다'는 말은 '잘하지 못하면 가만두지 않겠다'는 으스스한 협박처럼 들렸다.

베프의 삶은 나와 반대라고 할 만했다. 학창시절 성적은 그만그만한 편이었는데, 소심한 성격이라서 학력

고사를 유난히 망쳤다. 그는 본인이 한 번도 생각한 적 없었던 대학에 갔고 전공은 적성과 끔찍이 맞지 않았다. 입시가 하나의 트라우마가 되어서 뭔가를 다시 해볼 용기를 완전히 잃었고 아예 '공부는 적성이 아니'라고 생각하며 지냈다.

친구가 공부를 다시 시작해볼 용기를 냈던 것은 삼십 대 후반이 되어서였다. 아이들이 어느 정도 자라서 손이 좀 덜 간다 싶던 어느 날 가까운 곳에 상담심리 전문 대학원이 생긴 것을 보았다. 오래전에 간직했던 상담사의 꿈이 떠올랐고 '이게 될 리가 있겠어'라고 생각하면서 입학서류들을 냈는데, 뜻밖에 합격 소식이 전해졌다.

친정아버지께 합격 소식을 알렸더니 뛸 듯이 기뻐하면서 당장 은행에서 빳빳한 새 돈을 찾아오셨다. 상담심리가 뭐 하는 일이냐, 학교가 어디 있냐, 대학원을 몇 년 다니게 되냐고 묻고 침을 퉤퉤 묻혀가면서 지폐를 한 장 한 장 세서 내밀면서 "우리 수정이! 등록금은 아빠가 해주가서!"하고 큰소리 치셨던 것은 딸의 합격을 기뻐하는 부모라면 누구나 할 법한 일이었다.

그런데 그다음에 하셨던 말씀은, 친구가 이전까지 상상도 해본 적이 없는 것이었다고 한다.

　"근데! 거 뭐 될 필요는 없다!"

　아버지의 이북 사투리를 좀 더 문어체로 옮기면 이렇게 될 것이다.

　"근데 상담대학원 갔다고 해서 꼭 상담사라는 직업을 가질 필요는 없다."

　듣던 나도 깜짝 놀랐다. 한 번도 생각해본 적 없던 말이었다. 아버지를 떠올리면서 친구는 울컥 눈물을 흘리고 말았다.

　"아빠는 언제나 좋은 아버지였지만, 그날 해주신 말씀은 가장 중요한 말씀이었어. 대학원에 합격해서 기뻤지만, 사실 완전히 좋기만 한 건 아니었거든. 내가 무슨 일을 한 건가, 애들 키우면서 이 공부를 내가 끝까지 할 수 있을까? 난 두려웠어. 대학원만 다니고 상담사는 되지 못할까 봐서 정말 두려웠다고. 근데 아빠는 내가 두려워하는 걸 아셨던 거야. 그러니까 그렇게 기뻐하시면서도 '거 뭐 될 필요는 없다'라고 하신 거지. 그 말씀을 들으니까 마음이 정말로 편안해지고, 그래 결과야 어찌 되든 한번 해보자고 용기가 솟았어."

어느새 나도 모르게 함께 울고 있었다. 우리는 함께 훌쩍훌쩍 울면서 산길을 걸었다.

"아빠가 그날 나한테 '대학원 열심히 다니고 훌륭한 상담사가 되어라' 하셨어도 하나도 이상하지 않았겠지. 하지만 나는 속으로 더 두려워졌을 거야. 그런데 반대로 아빠는 '거 뭐 될 필요는 없다' 하셨어. 아빠가 그렇게 말씀하셨다고 해서 내가 속으로 '아싸, 등록금만 받고 공부는 대충 하고 아무것도 되지 말자' 생각했을까? 아니. 절대로 그렇지 않았어. 오히려, 누구보다 멋진 상담사가 된 모습을 아빠에게 꼭 보여주고 싶었어. 정말로 힘들 때도 많았는데, 아빠 생각하면서 힘을 냈다고. 내가 상담사가 되어서 출근하는 모습을 아빠한테 꼭 보여주고 싶었는데."

우리는 그날 산길에서 정말 많이 울었다. 내 친구는 멋진 상담사가 되어 있었지만 그 모습을 꼭 보여주고 싶었던 사랑하는 아버지는 딸의 졸업식을 보지 못하고 세상을 떠나신 뒤였다.

"나는 언제나 아빠에게 그런 식으로 사랑받았어. 아빠랑 이야기하면 언제나 마음이 편안해졌어. 심지어 돌아가시는 순간까지도 내 마음을 편안하게 해주셨어.

아빠가 나를 믿는다, 훌륭한 상담사가 되라고 말하는 사람이었다면 나는 아빠에게 속마음을 털어놓지 않았을 거야. 나는 약한 사람이고, 누군가가 나에게 큰 걸 기대한다고 하면 그것만으로도 무너질 것 같거든. 내가 아버지에게 뭐든 미주알고주알 털어놓을 수 있었던 것은 아빠가 한 번도 그런 식의 기대를 내비친 적이 없었기 때문이지.

윤경아, 너의 말이 맞는 것 같아. 기대와 격려는 무서운 거야. 사람들이 나에게 할 수 있다, 해낼 거라고 믿는다고 끝없이 기대와 격려를 퍼붓는다면 나는 너무 무서워질 것 같아. 나는 내가 약하고 능력 없는 사람인 걸 알거든. 그런 내 두려움을 이기기 위해서 필요한 건 기대와 격려가 아니야. 그게 뭔지 모르겠지만, 우리 아빠는 딱 그걸 주셨어."

이후로 우리는 아빠가 주신 그것이 무엇인지에 대해 오랫동안 이야기했다. 지지, 격려, 이해, 어느 한 단어로 딱 떨어지게 표현할 수는 없는 어떤 것이었다. 오랜 고민과 의논 끝에 우리는 그것이 '편안함'이라고 생각하게 되었다.

좋은 부모가 아이에게 주는 것들은 여러 가지가 있겠지만 그중 가장 차원 높고 아름다운 것은 바로 '편안함'이라고 생각한다. 몸과 마음을 편안하게 해주고 여러 가지 두려움을 떨치게 해주는 것. 부담 없는 편안함.

부모가 아이에게 무언가 좋은 것, 훌륭하고 귀한 것을 해주는 것이 물질적 응원이라면 부담 없는 편안함은 아이가 받은 것들을 가지고 마음껏 제 기량을 발휘할 수 있도록 해주는 내면적 지원이다. 친구는 대학원 진학이라는 부담스러운 과업을 눈앞에 두었을 때 아버지에게서 "거 뭐 될 필요 없다"라는 말씀을 듣고 마음이 편안해지고 용기를 얻었다. 많은 부모가 물질적 지원을 아끼지 않으며 아이의 성공과 성취를 빌겠지만, 아이의 마음이 편안해져서 제 기량을 마음껏 발휘할 수 있게 하는 신의 한 수를 둘 수 있는 것은 이와 같은 '진짜 좋은 부모'들이다.

선배 언니의 집에 놀러 갔을 때 그릇장에 놓인 아름다운 그릇 세트를 발견했다. 그릇에 관심이 많은 내가 양해를 구하고 장식장을 열어보았을 때, 뜻밖에 그 그릇들이 온통 이가 나가고 금이 간 것을 발견했다. 내가 깜짝 놀라자 언니가 히히 웃으며 말했다.

"결혼할 때 엄마가 해주신 거야. 훨씬 더 많았는데 다 깨뜨리고 이것만 남았어."

"맙소사! 이렇게 비싸고 좋은 그릇을! 좀 곱게 쓰지 그랬어!"

직장생활로 눈 코 뜰 새 없이 바빴던 선배 언니는 명품 그릇 따위는 알지도 못했고 살림 솜씨도 없을 때라서 그 그릇이 귀한 건 줄도 모르고 아무렇게나 반찬을 담아 먹으며 마구 썼다. 어느 날 누군가 '그거 비싼 거다'라고 알려줘서 그제야 깜짝 놀랐다. 뒤늦게 민망하고 미안한 마음에 '비싼 그릇이라고 말 좀 해주지 그랬냐' 히자 친정어머니는 오히려 기뻐하셨다고 한다.

"그게 비싼 건 줄 모르고 네가 편하게 마구 쓰길 바랐다."

"네가 좋은 그릇을 마음 편하게 썼으니까 됐다."

선배 언니는 이 빠지고 금 간 그릇들을 그제야 소중히 챙겨서 그릇장에 모셔 넣었다.

나는 그 그릇들 앞에서도 마음이 먹먹해졌다. 누구나 자식에게 비싸고 좋은 것을 해주고 싶을 것이다. 나도 어쩌면 내 딸이 결혼할 때 비싸고 좋은 그릇을 사주고 싶을 것이다. 하지만 분명히 '비싼 거니까 소중히 사용하라'고 강조했을 것이다. 그것이 나에겐 상식이었다. 하지만 세상에는 나같이 범속한 수준을 훨씬 뛰어넘는 높은 경지의 사랑을 실천하시는 부모님들이 계시다.

요즘은 누구나 자식을 적게 낳는 대신 상대적으로 풍족한 관심과 애정을 기울여 키운다. 평범한 부모라면 누구나 자식을 사랑하고 자식에게 좋은 것을 해주고 싶은 마음일 것이다. 자식의 행복을 위해 기꺼이 돈과 에너지를 쓰고자 한다. 하지만 그 아낌없는 사랑과 지지가 아이의 마음에 맷돌이 되어 얹힐 수도 있다. 내가 자식에게 좋은 것을 해주고 있다는 기쁨, 좋은 것을 해주기 위한 분주함과 고단함이 앞서서 아이의 마음속에 두려움과 부담이 쌓이는 것을 눈치 채지 못할 수 있다.

가장 현명한 부모들은 바로 이 부분에 눈이 밝다. 그분들은 자신이 주는 것이 비싸고 귀한 것임을 일부러 숨기고, "거 뭐 될 필요 없다"라고 하신다. 부모가 베풀어준 관심과 지원이 아이에게 마음의 짐이 되지 않도록 "그거 별거 아니니 흔하고 편하게 그저 누려라"라는 태도를 취하신다. 그렇게 마음의 부담을 없애주면 자녀의 마음속엔 두려움이 사라지고 태산처럼 높아 보이던 과업이 그저 한 발짝 내디뎌볼 만한 계단만큼 낮아진다. 그저 별거 아니니 한번 해볼까? 하는 마음이 되는 것이다. 사람은 그렇게 가벼워진 마음일 때 가장 긴 인내심을 발휘할 수 있다. 현명한 부모들은 이런 식으로 자녀의 잠재력을 최대치로 끌어올린다.

현명한 부모들에게 훗날 자식들이 그분들의 너그러

움을 칭송한다면 오히려 깜짝 놀랄 것이다. "그게 뭐 대단한 일이라고!" 보통 그렇게 대답하실 것이다. "그건 정말로 아무것도 아니었어."

나의 할머니는 어려움 속에서 네 자녀들을 훌륭하게 키우셨다. 그 과정의 고단함은 이루 말할 수 없었을 것이다. 하지만 할머니는 언제나 똑같이 이렇게 말했다.

"내가 뭘 혀. 지들이 다 했쥬."

할머니에게 자녀들의 성장과 성취는 온전히 자녀들이 이룬 것이었다. 한 번도 당신이 그 과정에 어떤 기여를 했노라고 말한 적이 없었다. 지들이 다 했다는 그 말씀에서 한 글자도 바뀌는 일이 없었다. 그래서 어릴 때 나는 정말로 할머니는 아무것도 안 하고 아버지와 고모들만 열심히 살았는 줄 알았다. 하지만 내가 내 자식을 낳아 키우는 과정을 겪어보니 부모가 아무것도 안 하고 자식이 다 알아서 한다는 것은 일어날 수 없는 일이었다. 남들이 보기엔 수월하고 무난하게 보일지라도 부모로서 겪는 고달픔과 혼란은 엄연히 존재했고 심지어 격렬하고 힘겨웠다. 할머니가 겪은 고생은 어마어마했을 것이다.

나는 결국 그것이 할머니의 일관된 삶의 자세인 것을 이해했다. 부모로서 내가 너희에게 이렇게 많은 일을 했다고 생색내지 않는 것. 자식에게 어떤 기대나 대리만족도 추구하지 않아 부채의식이나 부담감을 주지 않는 것. 부모로서 고생스러움은 지극히 당연히 당신이 담당해야 할 몫이고, 잘한 것이나 좋은 것이 있다면 모두 자식의 몫으로 돌리는 것. 그리고 아버지와 고모들은 그 보이지 않는 응원 속에서 용기를 내어 각자 가진 최선을 다해 열심히 삶과 부딪쳤다.

지지와 격려는 눈에 보이지 않을 때 진정으로 힘이 된다. 그런 것이 있는지도 모르고 받을 때 진짜 산소가 되어 그의 폐로 스며들고 근육에 힘이 된다. 지지와 격려가 귀에 들리고 눈에 보이기 시작하면 그것은 서서히 긍정적인 힘을 잃고 부담이 되어간다. 격려의 탈을 쓴 부담은 마치 일산화탄소와 같이, 산소인 척하고 우리 몸속에 스며들지만 팔다리의 힘을 빼고 결국 숨조차 쉴 수 없게 만든다.

그 시기 나에게 진짜로 필요했던 것은 소설을 잘 쓰지 못하더라도 내가 한 인간으로서 소중하고 온전하다는 확신을 가지는 것이었다. 그 시기의 나에게는 그것이 당연하지 않았다. 소설을 쓰지 못하는 나는 쓸모없고 무가치한 존재인 것 같았다. 소중한 응원을 보내준 사람들이 많았으나 약해질 대로 약해진 나에게는 힘이 되지 않았고 오히려 두려웠다. 그 시기에 힘이 되었던 것은 할머니의 기억, 아무 조건 없이 나를 보면 그저 흡족하고 행복하셨던 그 환한 웃음뿐이었다.

불행이었는지 다행이었는지 나의 절벽 시기와 꿀짱아의 입시가 겹쳤다. 주변의 기대와 응원을 부담스러워하는 아이의 모습이 내 모습같이 눈에 들어왔다. 그 시기 꿀짱아와 내가 간절히 필요로 하는 것은 본질적으로 똑같았다. 입시 결과와 관계없이 그저 한 인간으로서 소중하고 온전하다는 확신, 삶의 안전판과도 같은 그것을 주고 싶었다.

그래서 나는 할머니처럼 웃었다.

내가 할머니처럼 웃는 것이기를 간절히 바라며 그렇게 웃었다.

　그때 웃었던 생각을 하면, 지금은 왠지 눈물이 나려 한다.

17.

나의 아름다운 할머니

연로하신 고모들을 자주 만나 좋은 시간을 보내지는 못하지만, 그분들을 볼 때마다 나는 힘을 얻는다. 고모들을 보면 나는 자동으로 할머니 치마꼬리에 붙어 있던 어린 은영이로 돌아간다. (어릴 때 가족들이 나를 부르던 이름은 은영이였다.) 고모들이 찾아오면 할머니는 함박웃음을 지었다. 할머니가 하하하 깔깔깔 하는 웃음소리를 내는 일은 전혀 없었다. 아무 소리 없이 얼굴만 함박웃음으로 가득했다. 낯가림이 심해서 고모에게조차 별

다른 반가운 내색을 안 하면서도, 나는 할머니와 고모들 사이에 오가던 넘치는 사랑의 파장들을 흥미롭게 관찰하곤 했다.

나는 기쁨이라는 감정이 봄 햇살처럼 눈에 보이는 환한 노란빛으로 공간을 채우는 것을 신기하게 여겼다. 고모들이 온 날 중에는 흐리고 비가 오는 날도 있었을 텐데, 만남의 색채는 언제나 봄 햇살 같은 노란빛이었다. 눈부시지도 어둑하지도 않은 따뜻함의 밝기. 낯을 가리느라 꽁한 표정으로 숨어 있으면서도, 그 노르스름한 기쁨에 함께 공명해 마음속 어딘가가 견딜 수 없이 간질간질한 기분이 되었다.

어른이 되어가면서 나는 당연하다고 생각했던 그런 기쁜 만남이 실은 당연하지 않다는 것을 깨달았다. 사람의 마음과 관계는 복잡하고 미묘하다. 아예 미워하고 다투는 관계는 아닐지 몰라도, 모든 사랑이 축복 같고 봄 햇살 같은 것은 아니다. 사랑하지만 당황스러운, 사랑하지만 입장이 다른, 사랑하지만 부담스러운 그런 미묘한 지점들에 우리는 흔히 서 있고 우리의 만남은 대체로 어느 정도 조심스럽다.

고모와 할머니의 만남은 그런 보통의 만남들을 가볍게 뛰어넘는 것이었다. 할머니에게서 뿜어져나오던 따뜻한 기쁨, 그리고 그 사랑에 온전히 몸을 맡기던 고모들. 나도 내 딸에게 그런 사랑을 주고 싶었다. 하지만 그런 사랑이 알고 보니 쉬운 일이 아니었다. 그저 한없이 평범하고 소박하면서도 막상 내 곁에 두려 하면 한없이 멀고 어려운 사랑이었다. 사춘기 꿀짱아와 나는 매우 구질구질하게 화내고 야단치고 말대꾸하고 기분 상하는 일상을 보내고 있었는데, 그 모습은 할머니와 고모들이 보여주었던 한 폭 수채화 같은 장면들과 조금도 닮지 않은 것 같았다. 내가 지금 내 딸과 그런 사랑을 주고받고 있는지, 먼 훗날 내가 그런 노르스름한 빛 속에서 내 딸을 맞이할지 자신이 없었다.

"할머니께 혼난 적은 없었나요?"

나는 고모들께 물었다. 이제 80-90대 노년에 이른 고모들의 기억이 긴 세월에 풍화되어서 '한 번도 혼난 적이 없다'고 단언할까 봐 속으로는 겁이 잔뜩 났다. 고모는 웃으면서 대답했다.

"혼난 적이 없기는. 어머니가 야단칠 땐 눈을 하얗게 흘기셨지."

그 말을 들으니, 아무리 성모 마리아 같은 인성의 사람이라도 수십 년의 세월 동안 자식들을 키우면서 야단 한 번 안 칠 수 있을 거라는 내 생각이 얼마나 어이없는 것인지 정신이 퍼뜩 들었다. 부모의 사랑과 올바른 역할에 대해 지나치게 열심히 생각하다 보면 이런 식으로 멍청해지기도 한다.

"어머니한테 야단도 맞았지. 등짝도 맞고, 눈도 흘기셨지. 그런데도 우리들은 어머니만 좋다고 몰려들어서, 어머니가 일하시는 부엌에 우글거리면서 놀았지. 그러면 할머니가 못마땅해하셨어. '에미가 애들을 따끔하게 혼내지 않고 그저 흥흥하니까 애들이 제 에미만 받친다'라고 하셨지. 우리는 어머니가 그렇게 좋았어."

고모들의 대답을 종합하면 할머니께 혼나기도 했지만 그게 뭐 대수로운 일이냐는 거였다.

"나는 어머니께 된통 혼나기도 많이 했던 것 같은데."

할머니의 자녀들 중에서 심하게 야단맞아서 억울하고 속상했던 기억을 간직한 사람은 뜻밖에 외아들인 아버지였다.

"어느 날 손님이 오셔서 용돈을 주셨을 거야. 그 시절로는 큰돈이었어. 요새로 치면 오만 원짜리 한 장을 받았다 치자고. 나는 돈을 받은 게 너무 좋아서 그 돈을 학교에 가져가서 친구들에게 자랑하겠다고 했어. 하지만 어머니는 큰돈을 학교에 가져가면 안 된다고 하셨지. 가난했으니까 생활비로 요긴하게 쓸 생각을 하셨을 거야. 하지만 내가 고집을 박박 부려서 학교에 가져갔지."

여기까지만 들어도 결말이 너무 뻔해서 마음이 아플 지경이었다.

"친구들에게 돈을 실컷 자랑하고, 축구 한판 뛰고 오니까 돈이 없어졌어. 찾을 길이 없었지. 어머니께 죽었다 싶었는데, 아니나 다를까 된통 혼이 났어. 몇 대 맞기도 했던 것 같아. 그런데, 돈을 잃어버렸다고 혼이 난 게 아니었어. 어머니는 내가 그 돈을 마음대로 써버리고 잃어버렸다고 거짓말을 했다고 생각하셨던 것 같아. 도둑놈이나 다름없이 여기신 거지. 그건 정말 억울했어. 정말로 잃어버린 거였다고."

88세의 아버지는 소학교 소년으로 돌아간 것같이 억울한 얼굴이었다. 고모들과 아버지의 기억을 종합해보니 할머니는 고모들에게 대체로 관대하셨으나 오히려 외아들인 아버지에게는 한없이 사랑한 한편으로 꽤나 엄격한 일면이 있었다.

할머니에게 억울한 누명을 썼던 것은 아버지뿐만이 아니었다. 어린 시절 우리 집에는 할머니가 목욕탕 가려고 챙겨놓으신 몇 천 원이 없어졌다는 식의 소동이 종종 벌어지곤 했는데 그럴 때 할머니가 지목하는 용의자는 언제나 오빠였다. 고모 댁에서도 사촌 오빠가 푼돈을 몰래 갖다 쓰는 것 같다는 의심을 내비치신 적이 있다고 한다. 오빠나 사촌 오빠가 실제로 돈을 훔쳐 썼을 것이라고 생각하는 사람은 아무도 없다. 할머니 노년의 건망증과 의심증이 결합된 결과였을 것이다. 하지만 할머니는 젊은 시절에 아들에게도 비슷한 의심을 했다.

딸이나 손녀에게는 한 번도 그런 의심을 한 적이 없었다. 아버지와 오빠와 사촌 오빠는 모두 손이 귀한 집의 외아들이었다. 할머니는 그 시대의 전통에 충실하게 아들을 더 귀하게 여기는 것을 어느 정도 당연하게 여겼으나 뜻밖에 그런 식으로 가벼운 '남혐' 기질이 있었음이 밝혀졌다. 그분의 뿌리 깊은 편견 중 하나는 '남자는 도둑놈'이었다.

큰고모는 맏딸로서 집안의 어려움을 더 많이 짊어졌다. 큰고모는 일찌감치 읍내에서 일자리를 얻어 직장생활을 시작했는데, 쥐꼬리만 한 월급을 쥐어짜 집안 살림에 더 많이 보태야 한다는 성화에 늘 쫓기는 기분이었다고 한다.

"아이고, 집에서 연락이 올 때면 무서웠지. 아버지는 그때 따로 사셨는데, 돈을 달라고 자꾸 그래. 아버지 돌아가신 뒤로도 힘들었지. 늘 돈이 없었으니까."

읍내에 큰딸을 돈 벌러 보낸 할머니는 늘 마음이 아팠다.

"문 앞에 발소리만 들리면 큰누이가 왔는가 하고 어

머니가 벌떡 일어나 달려나가셨지. 눈물이 글썽해서. 그 모습이 생각나. 큰누이 생각을 많이 하셨지."

내가 태어나기도 한참 전의 이야기, 내가 한 번도 본 적이 없는 모습이지만, 큰딸이 왔는가 해서 글썽한 얼굴로 달려 나가는 젊은 어머니였던 할머니는 그럴 때 꼭 머릿수건을 두르고 있었을 것 같은 생각이 들었다.

할머니가 실천하신 자녀 교육의 현실이 어땠는가 궁금하여 고모들과 아버지에게 캐물은 결과 할머니는 그저 시시하고 평범하고 모순적이기조차 했다. 많은 것들이 결핍되었고 여느 가족처럼 소소하게 오해하고 불만을 가질 만한 일들이 많았다. 하지만 할머니의 품 안에서 그런 일들은 깊은 상처나 원망으로 발전하지 않고 잊혀져갔다. 그것이 할머니의 능력 중 하나였을 것이다. 소소한 오해와 불만은 시간 속에 잊혀지고 추억이 되지만, 깊어진 상처와 원망은 시간과 함께 괴물이 된다.

젊은 날 할머니는 '자식이라면 그저 흥흥한다'라는 평을 들을 만큼 관대하기도 했으나 등짝을 때리거나 흘겨보는 식으로 야단도 쳤고, 심지어 도둑이라는 억울한 누명을 씌우기도 했다. 한결같이 성실했지만 경제적인 면으로는 거의 무능한 편이었다. 어디를 보아도 그리 대단하지 않은, 그저 평범하고 가난한 시골 어머니였을 뿐이었다. 그럼에도 불구하고 그분에겐 사랑의 원형이라고 부를 만한 위대한 어떤 점이 있었다.

다시 한번, 할머니의 양육에 무언가 특별하고 마법적인 것이 있었다면 바로 그 한결같이 따사로웠던 함박웃음이었을 것이라고 생각하게 된다. 할머니의 긴 인생을 모두 증류해서 마지막 단 한 방울만을 남긴다면 바로 그 소리 없는 함박웃음이었다. 앨리스의 체셔 고양이처럼, 할머니는 지금 우리 곁에 계시지 않지만 그 웃음만으로 우리 곁에 남아 있다.

모든 것이 충족된 삶이란 존재하지 않을 것이다. 부모가 자식에게 어느 정도 재물을 물려줄 수 있다면 분명 큰 도움이 되겠지만 그것이 전부는 아닌 것을 우리는 안다. 경제적 지원을 많이 받고도 사이가 원만치 않은 부모 자식도 주변에 흔하다. 나의 할머니는 자식에게 재물은 한 푼도 물려주지 못했지만 자녀들이 모두 할머니를 한없이 사랑했고 할머니를 힘의 원천으로 여겼다. 나 또한 그렇다. 살면서 힘든 순간이 닥치면 나는 할머니를 생각한다. 할머니가 뭐라고 할지, 어떤 표정을 지을지 생각한다. 그러면 나도 모르게 내 안 깊숙한 곳에서 무언가를 견딜 수 있는 힘이 밀려 올라온다. 그 묵직하고 따스한 것의 질감을 내 몸으로 느낄 수 있다. 그것은 내 통장의 잔고가 백배로 불어난다 한들 얻을 수 없는 중요하고 소중한 것이다.

그저 가난한 시골 할머니에 불과했지만 나에게는 한없이 아름다운 분이었다. 쭈글쭈글한 주름과 검버섯투성이였던 할머니의 늙은 몸을 기억한다. 팔다리는 이쑤시개처럼 가늘고 배는 참외처럼 둥그렇게 늘어져서 균형이라고는 찾을 수 없는 몸이었다. 영화 E.T.를 보았을 때 나는 그 외계인이 할머니를 닮았다고 생각했다. 할머니가 아이를 넷이나 낳아서 배가 나왔을 거라고 생각했는데 알고 보니 그건 체질이었다. 나는 아이를 하나밖에 안 낳았는데도 배가 벌써 불룩 나온 체형이 할머니와 똑같다. 살을 빼야지 이게 뭔가, 하고 습관처럼 한탄하다가도 내 몸이 할머니를 닮았다고 생각하면 그리 나쁠 거 없다고 아주 쉽게 비애를 잊는다.

할머니가 내게 물려주신 유산의 마지막 챕터는 늙음을 두려워하지 않는 점일 것이다. 내 몸에 늘어가는 주름살과 검버섯이 반갑다고 할 수는 없겠지만, 노년의 내 모습이 할머니를 닮았을 것이라고 생각하면 슬프거나 두려울 것이 없다. 할머니의 모습은 나에게 궁극의 아름다움이었으므로, 나는 바로 그 아름다움을 향해 걷고 있는 것이다.

사람의 늙어감이 추하지도 슬프지도 않고 그저 조촐해져가는 것임을 나는 안다. 가진 것을 하나하나 내려놓으며 오로지 소리없는 함박웃음만으로 나의 남은 존재를 채워가는 것, 그건 정말이지 아름다운 길이었다.

할머니가 남기신 흔적들을 찾으며 그 길을 따라 걸을 때, 나는 혼자인지 함께인지 분간되지 않는 충만함으로 가득할 것이다.